Angie Pfeiffer

@Mail Verkehr

AF139241

Für Rob, Alan, Rudi und Tommy

Angie Pfeiffer

@Mail Verkehr

Roman

Deutsche Erstausgabe
1.Auflage,September 2015
©2015 by Angie Pfeiffer
Umschlaggestaltung phoch3
Copyright-Hinweis:
Dieser Text ist urheberrechtlich geschützt.
Nachdruck und Vervielfältigungen,
auch auszugsweise,
bedürfen der schriftlichen
Zustimmung der Autorin, Herstellung und
Verlag:
BoD - Books on Demand
Norderstedt
Printed in Germany
ISBN: 9783738645934

Mitte September:

Ein trüber Sonntagabend:

Ich saß allein in meinem Zimmer und wusste nichts mit mir anzufangen. Das Lesefutter war mir ausgegangen und um die ‚Lindenstraße' anzusehen, fehlte mir das nötige Alter.

Im Nebenraum rumorten meine Töchter. Die beiden hatten sich schon am Nachmittag in Steffis Zimmer eingeigelt und probten für ihre neu gegründete Mädchenband. Stefanie, die Ältere, hatte es sich in den Kopf gesetzt, ein neuer Stern an Deutschlands Pophimmel zu werden und begeisterte ihre Schwester Andrea mit dem Versprechen auf unbegrenzte Ausgehzeiten und Treffen mit allen Größen des Showbiz. Nun, darüber würden wir diskutieren, wenn die Zeit reif war. Nachdem ich die angehenden Stars einige Mal zur Ordnung gerufen hatte, war die Lautstärke auf ein erstaunliches Minimum zurückgeschraubt worden.

Gelangweilt nippte ich an meinem Rotweinglas, schaltete den Computer ein und surfte planlos durch die weiten Welten des Internets. Eigentlich hatte ich in diesem Literaturforum ein paar Geschichten lesen wollen, war aber letztendlich auf der Pinnwand gelandet und stieß auf einen interessanten Eintrag.

„If you like Pina Colada's,
And getting caught in the rain,
If you're not into yoga,
If you have half a brain,
If you like making love at midnight,
In the dunes on the cape,
Then I'm the love that you've looked for,
Write to me and escape."

Hallo Du!
Magst Du den „Pina Colada Song"?
Hier ist meine Version:
Stehst Du auf Pina Colada oder bevorzugst du
Champagner?
Bist Du den Alltagstrott leid?
Möchtest Du ein Abenteuer erleben?
Träumst Du davon um Mitternacht an einem
verschwiegenen Strand Liebe zu machen,
Dich fallen zu lassen?
Möchtest Du jemanden kennenlernen,
mit dem Du ernsthafte Gespräche führen oder
einen Riesenblödsinn machen kannst?
Dann bin ich der Richtige!
Was lässt Dich zögern - trau dich!
Lass uns unser eigenes Abenteuer erleben!
Noch etwas: Ich bin unter Garantie nicht Dein
Ehemann!

Das hörte sich wirklich nett an und auch ein bisschen verwegen. Der Text machte mich neugierig. Wer mochte wohl dahinter stecken? Nachdenklich schüttete ich mir etwas Wein nach. Sollte ich es wirklich wagen? Warum eigentlich nicht, eine kurze Nachricht besagte noch gar nichts. Wahrscheinlich war die ganze Sache sowieso nur ein Joke und ich würde gar keine Antwort bekommen. So schrieb ich also spontan:

Hallo Unbekannter,
ich sitze hier bei einem Gläschen Rotwein und habe durch Zufall deinen netten Text gefunden. Ich mag den Pina Colada Song ganz gern (heißt er nicht eigentlich „Escape"?), allerdings muss ich zugeben, dass das Getränk so gar nicht mein Ding ist, es ist mir viel zu süß und zu klebrig. Doch Champagner liebe ich und ab und zu ein Glas Wein. Sowieso passen Champagner und ein einsamer Strand gut zusammen.
Ich bin ganz gern allein, doch manchmal fände ich es schön, jemanden an meiner Seite zu haben. Jemanden, der unkompliziert ist, mit dem ich schmusen und kuscheln, lachen und weinen kann. Jemanden, den ich liebhaben, mit dem ich zanken und Blödsinn machen kann.
Hier ist mein Steckbrief:
Ich heiße Patricia doch meine Freunde sagen einfach Pattie.

Ich bin vorzeigbar, habe rote Haare und grüne
Augen, bin aber nur ganz wenig hexig.
Meinst Du es, könnte zwischen uns funken?
Ach, noch etwas: Du bist unter Garantie nicht
mein Ehemann, es gibt nämlich keinen!

Montag, 24. September

von: Tommy
an: Pattie
Cocktails am Strand
Hallo Pattie oder doch lieber Patricia?
Mal ehrlich, mir ist Champagner auch lieber.
Aber ich dachte zu einem einsamen Strand
gehört auch ein entsprechender Cocktail.
Selbst Rupert Holmes hatte, als er das Lied
einspielte, noch nie eine Pina Colada getrun-
ken.
Das hier ist mein erster Versuch in Sachen
Flirt, denn eigentlich bin ich ziemlich schüch-
tern. Doch ich habe mich einfach mal getraut
den Text im Geschichtennetz einzustellen,
allerdings hatte ich nicht viel Hoffnung eine
Antwort zu bekommen, denn das Forum ist ja
nicht unbedingt eine Partnerbörse.
Über eine Antwort würde ich mich sehr freu-
en.
Viele liebe Grüße
von
Tommy

Dienstag, 25. September

von: Pattie
an: Tommy
???
Hi Tommy,
danke für deine nette Mail. Du bist also ein
bisschen schüchtern? Das gefällt mir, denn
Baggertypen gibt es zur Genüge und die sind
so was von ätzend! Was machst du, wenn du
nicht gerade Champagner schlürfst, dich an
einsamen Stränden herumtreibst, im Internet
surfst und unschuldigen Mädchen schreibst?
fragt
Pattie
PS: Patricia sagen eigentlich nur meine Mutter, mein Lateinlehrer und unser Pastor.

von: Tommy
an: Pattie
Ich bin's, Tommy
Hallo Pattie...
...schon Clapton fand, dass Pattie einen Song
wert ist! Deshalb, und weil ich ganz bestimmt
kein Lateinlehrer oder Pfarrer bin, werde ich
es mir verkneifen, jemals Patricia zu dir zu
sagen, außer vielleicht in einem Notfall!
Kennst du die Story?
Eric Clapton wartete auf seine Frau, die beiden
wollten eine Party besuchen. Wie das bei euch
Mädels so ist, hatte Pattie sich zum 5. Mal

umgezogen, das wievielte Kleid anprobiert. In der Zwischenzeit klimperte er auf der Gitarre herum und herausgekommen ist „Wonderful Tonight", ein Song, den Clapton in 20 Minuten fertig hatte und der letztendlich ein Millionenhit geworden ist. Überhaupt bin ich ein ausgesprochener Claptonfan. Magst du seine Musik?

Du möchtest wissen was ich mache, wenn ich nicht im Net bin? Das fragt sich mein Chef auch des Öfteren. Also, ich bin technischer Angestellter (oh, ha, ein Schreibtischtäter). Nebenbei interessiere ich mich für alle möglichen Sportarten: zumeist für den Motorsport (schöne Frauen, schnelle Autos) und ich liebe das Segeln und Skifahren und natürlich einsame Strände.

Außerdem mag ich Musik: von den alten Stones und, wie bereits erwähnt Eric Clapton, bis zu aktuellen Hits. Was ich nicht mag, ist Techno. Wahrscheinlich bin ich dafür schon zu alt. Obwohl - das kann auch nicht sein, denn ab und an regt sich da doch noch was ...

Ich mag es auch zu kuscheln, zu lachen, Blödsinn zu machen. Dafür hassen mich einige Kollegen (wegen des Blödsinns, nicht wegen des Kuschelns, denn streicheln und knuddeln gehört nicht ins Büro glaube ich)!

Falls es dich interessiert: Haare habe ich noch, aber ob ich vorzeigbar bin, kann ich schlecht beurteilen. Was noch? Wie gesagt, ich bin im

Baggern ungeübt. Vielleicht möchtest du noch etwas von mir wissen?
Ich wage mal einen kleinen, vorsichtigen Kuss.
Tommy

Mittwoch, 26. September

von: Pattie
an: Tommy
hmmm
Soso, Tommy ist also im Baggern ungeübt und schüchtern? Ob ich das glauben soll?
Ein Schreibtischtäter ist er auch noch? Na gut, da muss ich jetzt wohl durch. Ich arbeite übrigens in einem Laden, verkaufe Kinderkleidung, was mir einen Heidenspaß macht. Wir haben alle 6 Monate unsere Inventuren und dann habe ich richtig viel zu tun, denn ich leite die Inventuren in allen Filialen, die sich in der Nähe befinden.
Was die Musik anbelangt, so sind wir auf einer Wellenlänge. Ich mag fast alles an Musik, Altes und Neues. MR Slowhand finde ich einfach genial und würde wirklich gerne mal ein Konzert von ihm besuchen. Bloß mit Techno kann ich so gar nichts anfangen.
Klar kenne ich die Story über Eric Clapton, Pattie Boyd und den Song. Leider ist diese Beziehung letztendlich gescheitert. Stand wohl

unter keinem guten Stern - Sex, Drugs and Rock n Roll, das ist halt eine explosive Mischung.

Höre ich da kritische Töne, weil Pattie sich ein paar Mal umgezogen hat, bevor die beiden zur Party gingen? Das hat sie doch nur gemacht um Eric die Möglichkeit zu geben, einen Hit zu schreiben. Der Erfolg hat ihr Recht gegeben!

Schnelle Autos mag ich auch. Wenn ich Zeit habe, so schaue ich mir die Formel 1 Rennen an und würde sehr gerne bei einem Rennen dabei sein. Leider hatte ich bis jetzt weder Zeit noch Geld dafür. Schöne Frauen mag ich nicht so sehr, aber ein schnuckeliger Kerl - das wäre schon was. Gesegelt bin ich noch nie aber was nicht ist ...

Die Sache mit dem einsamen Strand, dem Champagner und allem Anderen würde mich brennend interessieren. Streicheln und Knuddeln gehören auch zu meinen Hobbys, das ist ja wohl klar. Doch ich habe auch noch ein paar seriöse Leidenschaften, so wie das Lesen (zurzeit „Die 13 1/2 Leben des Käpt`n Blaubär"), zudem gehe ich unheimlich gern ins Kino.

Ich gebe dir jetzt mal einen dicken Schmatzer - mitten auf die Nase und freue mich auf deine Antwort.

Pattie

PS: Das ist ja ein Ding, dass du noch Haare hast, wo denn genau?

Donnerstag, 27. September

von: Tommy
an: Pattie
was bedeutet hmmm?
Hi Pattie.
was bedeutet denn dieses „hmmm"? Vielleicht ein positives Zeichen oder ein nachdenkliches hmmm oder ein negatives hmmm ***graus***? Ich halt es mit dem Kaiser - schaun mer mal.
So, du liest also Käpt'n Blaubär? Na, dann bist du für das Segeln schon fit! Mein Kollege hat ein 32-Fuß-Schiff und mindestens einmal im Jahr werde ich zum Steuermann. Ich liebe es mit Wind und Wellen zu reiten, ganz nah bei der Natur zu sein und die Seele baumeln zu lassen.
Jetzt kommt etwas zum Vergraulen: Ich habe zwei Söhne (missraten, kommen nämlich nach dem Vater). Ich hoffe das schreckt dich nicht all zu sehr ab?
Deine Frage nach den Haaren irritiert mich etwas - natürlich meinte ich die auf dem Kopf! Wo sonst? Also wirklich! Ich dachte in meinem Alter wäre das nicht unbedingt so, deshalb der Hinweis. Jetzt überlege ich schon Stunden lang, wieso du fragtest.
Genug für jetzt, muss noch unter die Dusche. Ob ich jetzt noch mal einen kleinen Kuss wage? Hoffentlich bis bald.
Tommy

Freitag, 28. September

von: Pattie
an: Tommy
ah - ja
Hallo Tommy.
Jaja, das hmmm!
Es kann durchaus verschiedene Bedeutungen
haben: nachdenklich, genüsslich, zustimmend,
negativ. Allerdings wäre ein ***graus
hmmm*** doch eher als ***äääh *** auszu-
drücken, oder? In meinem Fall war das hmmm
ein positives ah-ha, der Bursche flirtet ganz
schön und gut.
Soso, zwei Söhne hast du ... hmmm (dieses
Mal eher schmunzelnd), ich habe zwei Töchter. Steffi ist 17 und mein Küken, Andrea, gerade mal 14 Jahre jung, doch sie wächst mir
ganz schön über den Kopf, jedenfalls nach cm.
Ich bin einssechzig und muss schon ganz
schön hochgucken.
Wie alt sind denn die deine Jungen?
Und missraten sind deine Kinder auch? Das
passt ja gut, denn meine Damen kommen ganz
auf die Mutter raus. Das bedeutet, dass sie
modebewusste, musikbegeisterte, kinosüchti-
ge, chaotische Zicken sind, ziemlich crazy,
aber lieb. Komplett wird unser Haushalt durch
mein Dackelmädchen, dessen Herz du bestimmt im Sturm erobern wirst. Ein kleiner
Tipp dazu: Pansenstangen are the girls best

friends (das gilt aber nicht für die Mädel) und das Tier ist furchtbar verfressen.

Segeln würde ich gerne einmal. Ich glaube, dass ich nicht seekrank werden würde, denn bisher habe ich jede Bootsfahrt ganz gut überstanden und das wäre ein Anfang, nicht wahr. Was die Musik anbetrifft, so habe ich ganz vergessen dir zu erzählen, dass ich letztens in der Arena auf Schalke war. Dort hat ein großes Pur Konzert stattgefunden. Das war eine tolle Sache. Ich hoffe du als Stones und Clapton Fan kannst etwas damit anfangen?

Ja, was weiß ich denn, wo du (alter Mann) überall Haare hast! Ohren - Nase ...also bitte! Doch für heute höre ich mal lieber mit dem Schreiben auf, das wird mir zu haarig.
Ich bin total gespannt auf deine Antwort und gebe dir auch mal einen Kuss, aber gar keinen kleinen!
Pattie

von: Tommy
an: Pattie
Pur
Howdy Pattie,
jetzt wird es aber unheimlich. Du warst auf einem Pur Konzert? Selbst auf die Gefahr hin, dass ich mich jetzt oute - ich mag keine deutsche Popmusik; bis auf Pur. Fast alle Songs drücken das aus, was ich fühle und selbst oft

nicht in Worten ausdrücken kann. Bin halt kein Poet. Bei vielen Songs bekomme ich eine Gänsehaut und zuweilen einen Klos im Hals. Doch jetzt ist's genug mit dem Seelenstriptease.

Was stellst du denn so am Wochenende an? Ich für meinen Teil habe meinem Jüngsten, Felix, (16, derzeit solo) versprochen mit ihm ins Kino zu gehen. „American Pie" soll es wohl sein. Wenn es wenigstens „Der Herr der Ringe" wäre, aber der Film kommt ja erst später in die Kinos. Das ist ein absolutes Muss für mich, denn ich habe die Bücher von Tolkien verschlungen.

Mein anderer Sohn, Daniel ist 18 und ein sehr selbstbewusster junger Mann. Er bastelt an seinem Abi und wird anschließend studieren. Sag mal, ist es zu früh zu fragen, aus welcher Ecke du genau kommst? Nicht dass ich dir und dem Dackel mal ungewaschen oder unrasiert über den Weg laufe! Übrigens: ich habe den Bestand an Hundeschokolade der hiesigen Tierhandlung aufgekauft, sich ist sicher.

Sorry, aber mit dem Baggern klappt es heute nicht so richtig. Hatte ziemlich viel Stress und der Kopf ist immer noch nicht frei. Ich werde mir deshalb jetzt einen netten ‚Tullamore Dew' gönnen und bei guter Musik die Seele baumeln lassen. Morgen früh wird alles besser aussehen, außer ich übertreibe mit dem Whisky.

Darf ich einen dicken Kuss versuchen?
Bis hoffentlich bald
Tommy

Montag, 1. Oktober

von: Pattie
an: Tommy
Unglaublich
Hallo Du.
Jetzt wird es wirklich unheimlich, denn ich
steh' ganz doll auf Pur. Außerdem finde ich
Westernhagen ganz gut und die Gruppe BAP,
die bald in Münster auftritt. Wer weiß, vielleicht können wir zusammen hingehen? Doch
damit erschöpft sich meine Vorliebe für die
deutsche Popmusik schon. Bei der Musik der
Flippers kriege ich unkontrollierbare Zuckun-
gen und werfe mit Gegenständen, vorzugswei-
se mit meinem Bügeleisen.
Was den Herrn der Ringe anbetrifft, so haben
wir schon wieder den gleichen Geschmack.
Auch ich liebe die Bücher und werde selbstverständlich den Film anschauen.
Was mich wirklich verblüfft: Dein Sohn
nimmt dich mit ins Kino? Du Glücklicher!
Meine jungen Damen würden das niemals tun.
Sie schauen sich die Filme lieber mit ihren
Freundinnen oder schon mal mit dem jeweili-
gen Favoriten an (jedenfalls Steffi). Aber wir

veranstalten zuweilen einen gemeinsamen Videoabend, essen Chips, Flips, Schokolade, Würstchen, Pommes und weinen gemeinsam, wenn Patrick Swayze ins Jenseits überwechselt und ein Ghost wird. Gehst du gern ins Kino oder ist das dem Filius zuliebe?

Klar kannst du fragen, woher ich komme. Ich wohne ein paar Kilometer von Bielefeld entfernt. Und bevor du jetzt fragst: Bielefeld gibt es wirklich, allen Gerüchten zum Trotz! Jedenfalls wenn die Mädel und ich einen Shoppingtag einlegen ist die Stadt existent und das ist ja wohl die Hauptsache, oder.

Wo genau kommst du denn her?

Sollten wir uns begegnen und du wärest ungewaschen und unrasiert, so würde mich das nicht so sehr stören, die Hauptsache ist du bist anständig geschminkt. Darauf lege ich bei einem Mann Wert! ;-)

Whisky mag ich nicht, trinke lieber Wein oder zur Not auch mal ein Bier. Und ich mag überhaupt keinen süßen Weiberschnaps, das olle klebrige Zeug, damit kannst du mich jagen. Apropos Weiber, ich bin am Wochenende meistens mit meinen Freundinnen unterwegs. Wir gehen in die Disco oder einfach in unser Stammlokal. Manchmal ist auch Kino angesagt, je nach Lust und Laune.

Ja, der Arbeitsstress kann einen ganz schön fertigmachen. Die Hauptsache ist, dass du abschalten kannst und den Stress nicht längerfristig mit dir herumschleppst. Wenn es dir hilft, bei einem Whisky zu entspannen, so sei er dir gegönnt.

So, jetzt werde ich noch ein bisschen lesen, dabei Musik hören und meine Schokolade schwesterlich mit dem Dackelmädchen teilen. Wenn ich ein dickes Küsschen bekomme, so sende ich dir einen ganz lieben Kuss zurück. Ich denke an dich und ich glaube ich mag dich wirklich!
Pattie

Dienstag, 2. Oktober

von: Tommy
an: Pattie
You'll never get a rose without a thorne
Hi Patricia,
es fällt mir schwer diese Nachricht zu schreiben, aber ich denke es ist nur fair dir gegenüber.
Aufgrund der letzten Mails kann ich dir nur sagen, dass ich dich wirklich mag. In deiner Antwort auf meinen Text hast du geschrieben, du möchtest eine unkomplizierte Beziehung. Jetzt wird es allerdings kompliziert, denn ich bin derzeit gebunden, noch schlimmer:
ich bin verheiratet.

Bevor du jetzt sagst: „Wieder nur ein blödes A...", lies bitte weiter.

Ja, ich lebe in einer Ehe, doch sie besteht seit fast 10 Jahren nur noch auf dem Papier, wir schlafen getrennt.

Es gibt Gründe, warum ich die Trennung noch nicht vollzogen habe. Ich möchte dich nicht mit Details langweilen, ich möchte mich auch nicht bei dir ausheulen.

Was ich suche, ist ein Neuanfang mit einer Partnerin, die meine Interessen, meine Vorlieben, meine Fehler akzeptiert und die ich in gleichem Maß akzeptieren kann. Ob aus einer neuen Verbindung mehr wird, kann ich sicher nicht auf Anhieb sagen.

Wenn dir das alles zu kompliziert wird, so kann ich dich gut verstehen. Doch bitte denk' nicht zu schlecht von mir. Schick mir ne kurze Mail und sage einfach „das war's"!

Doch wenn ich noch eine Chance habe, wäre ich schon sehr froh.

CU

Tommy

Falls du das noch wissen willst: Ich wohne in Münster.

Freitag, 5. Oktober

von: Pattie
an: Tommy
Ich dacht' es mir
Hi Tommy!
Ich habe mir schon gedacht, dass so etwas
kommt. Ehrlich gesagt hatte ich mir fest vorgenommen dich in einer der nächsten Nach-
richten zu fragen, ob du verheiratet bist. Ich
selbst bin im letzten Jahr geschieden worden.
Allerdings haben wir wesentlich länger als ein
Jahr getrennt gelebt. Es war eine ziemlich
schwierige Beziehung und eine noch schwieri-
gere Trennung, doch davon will ich zurzeit
nicht reden.
Jetzt sage ich dir ganz deutlich, was ich möchte: Ich suche jemanden, mit dem ich etwas
unternehmen kann. Mit dem ich lachen, Blödsinn machen, auch mal heulen und zärtlich
sein kann. Ich suche keine ganz feste Bindung,
was nicht bedeutet, dass ich mehrere Männer
zur selben Zeit haben möchte. Ich brauche
einfach einen Freiraum für mich.
Wenn du gebunden bist, so denke ich, dass DU
in erster Linie damit klarkommen musst. Ich
habe kein Problem damit, solange ich DIE
Frau für dich bin. Ich spiele nicht die zweite
Geige und habe nicht vor mich zu verstecken,
das ist nicht mein Ding. Doch ich werde dich
nicht zu einer Trennung von deiner Partnerin

drängen, das muss ganz allein von dir kommen.

So, jetzt habe ich dir ganz klar umrissen, was ich möchte. Meinst du, du kommst damit zurecht? Ach ja, und ich möchte wirklich keinen Stress, davon hatte ich während meiner Ehe genug. Wenn es zwischen uns passt, so ist es schön und gut, doch ich will nicht jemanden auf Biegen und Brechen kennenlernen.

Ich finde dich sehr nett und würde mich riesig darüber freuen, wieder von dir zu hören.

Pattie

Ich melde mich jetzt erst, weil ich mir ganz sicher sein wollte!

von: Tommy
an: Pattie
Puh
Hallo Pattie,

es freut mich, dass du so reagiert hast, denn ich habe, ehrlich gesagt, nicht damit gerechnet eine Antwort von dir zu bekommen. Doch du scheinst mein ‚Geständnis' eher gelassen aufzunehmen. Auch mir ist daran gelegen, eine Beziehung ohne Stress aufzubauen. Vielleicht sollten wir uns einfach einmal treffen.

Ich könnte dich zum Essen einladen.

Was würdest du vorziehen:

deutsche, italienische, spanische, indonesische, chinesische, vulkanische, mexikanische, türkische Küche oder Astronautenkost?
DK
Tommy

an: Tommy
vulkanisch?
Wenn es ums Essen geht, so muss ich sofort antworten. Eigentlich ist die Küche egal, Hauptsache ich kriege feste Nahrung, womit die Astronautenkost schon mal ausfällt.
Halt - indonesische Küche mag ich auch nicht, das ist mir einfach zu scharf. Vulkanisch möchte ich nur essen, wenn uns Mr. Spock bedient. Ansonsten hast du die freie Auswahl.
Ich habe im Moment arbeitsmäßig viel um die Ohren. Wie wäre es mit einem Termin zum Ende der nächsten Woche?
DK???

von: Tommy
an: Pattie
Super
dann lass uns das Treffen für die nächste Woche festhalten. Ich schicke dir ein Foto von mir mit. Vielleicht hat sich jetzt sowieso alles erledigt!
DK!!!

Samstag, 6. Oktober

von: Pattie
an: Tommy
???
Lieber Thomas,
wenn du mir nicht langsam sagst, was dieses
DK bedeutet, so bestehe ich auf Astronautenkost mit Mr. Spock und dann haste ein echtes
Problem. So schnell kriegst du die Ohren nämlich auch nicht mehr angespitzt.
Dein Foto ist ganz verschwommen hier angekommen, total unscharf und ich kriege das
nicht hin. Das ist aber nicht so schlimm, denn
ich sehe dich ja bald echt und in Farbe und ich
bin schon ganz gespannt darauf.
Habe ich dir schon erzählt, dass ich ein ausge-
sprochenes Technikgenie bin? Ich habe eine
ganz einfache Strategie: Ich drücke einfach
immer auf alle Knöpfe und warte was passiert.
Toi – toi – toi, bisher ist noch nix explodiert!

Es wäre schön, wenn es der nächsten Woche
klappt.
Bussi
von
Patricia

Sonntag, 7. Oktober

von: Tommy
an: Pattie
neuer Versuch
Hi Pattie,
hier noch mal eine neue Version um dich ab-
zuschrecken: einige Fotos im Normalformat.
Wenn du jetzt nicht genug hast, so können wir
uns am Donnerstag oder Freitag treffen. Ich
habe kein Problem damit, zu dir nach Bielefeld
zu kommen. Es liegen nun mal fast 100 km
zwischen uns, die es zu überbrücken gilt ;-)
Sorry to say, aber ich bin nicht der Typ, der
mit einem Strauß Rosen im plüschigen Café
sitzt. Obwohl - Café ist nicht schlecht, Können
uns bei einem Kaffee das erste Mal die Mei-
nung sagen. Was meinst du?
DICKES KÜSSCHEN

By the way:
Thomas wird nur zu offiziellen Anlässen benutzt
-oder, wenn man stinkig auf mich ist
-oder ich habe mal wieder übertrieben
-oder man mag mich nicht
-oder ich versuche, ein Bier zu viel zu trinken
-oder man will mich ärgern
-oder ich schnarche (was niemals vorkommt)
-oder man ist mein Lateinlehrer
-oder man ist meine Schwiegermutter - Gott
habe sie selig.

Montag, 8. Oktober

von: Pattie
an: Tommy
Versuch gelungen
Hallo!
Jetzt hat es geklappt. Ich bin sehr mutig an
deine Fotos herangegangen, so schnell kann
mich nichts schrecken! Ich bin eben eine be-
herzte Person. Kurz gesagt - du gefällst mir.
Es fehlte noch, dass du mit einem Blumen-
strauß auf und ab tigerst oder im Plüschcafé
sitzt! Das lassen wir mal lieber. Wie wäre es,
wenn wir uns ganz prosaisch in Bielefeld vor
dem CineStar treffen? In der Nähe gibt es ein
nettes Café. Dort können wir uns in Ruhe unterhalten und immer noch entscheiden, ob und
wohin wir zum Essen gehen. Allerdings müss-
ten wir unser Treffen verschieben, ich habe ne
Menge Termine, bin beruflich ziemlich ange-
spannt! Wie wäre es am 16. Das ist ein Dienstag? Es wäre toll, wenn wir uns dann sehen
könnten!
Tommy gefällt mir sowieso viel besser. Weil -
Thomas kling so nach Anzugtyp.
Küsschen
von
Pattie
PS: Ich schicke dir auch mal ein Foto mit

von: Tommy
an: Pattie
Hübsch
Hallo Pattie,
danke für das Foto, jetzt weiß ich, wie hübsch
du bist, aber das war ja klar. Wer so nett
schreibt, der kann nur toll aussehen.

Schade, dass wir uns in dieser Woche noch
nicht sehen können. So werde ich mich also
gedulden müssen, obwohl es mir schwerfällt.
Andererseits kann ich mich jetzt eine Woche
auf dich freuen.

Hoffentlich bist du dann nicht enttäuscht
CU

Ein aufregender Dienstagnachmittag

Nervös schloss ich mein Auto ab und machte mich auf den Weg zum Treffpunkt. Ich hatte das Fahrzeug auf einem abseits gelegenen Parkplatz abgestellt, obwohl das Kino ein eigenes Parkhaus hatte.

Wenn du ein paar Schritte läufst, dann wirst du bestimmt ruhiger', dachte ich, aber das war überhaupt nicht so.

Je näher ich dem Treffpunkt kam, umso aufgeregter wurde ich.

,Was mache ich, wenn mich ein fetter, glatzköpfiger alter Mann erwartet, der mir das Foto seines jüngeren Bruders untergejubelt hat? Wenn ich den Typen dann nicht mehr los werde? Man hört genug über Verrückte, die im Internet herumspuken', brachte ich mich in Rage. Das Kino war bereits in Sichtweite, eigentlich musste ich nur noch die Straße überqueren.

,Das ist ja wieder typisch für dich, Patricia, verabredest dich mit einem Irren!'

Ein Horrorszenario spulte sich in meinem Kopf ab, sodass ich versucht war, einfach umzukehren und nach Hause zu fahren. Für einen Augenblick blieb ich mitten auf dem Bürgersteig stehen.

Doch ehe ich es mir überlegen konnte, legte sich eine Hand auf meinen Arm. „Hallo, du musst Pattie sein. Es ist schön, dass wir es endlich geschafft haben, uns zu treffen."

Ich schluckte trocken – und glaubte meinen Augen nicht zu trauen. Tommy sah genau so aus, wie auf den Fotos, nur noch viel sympathischer.

‚Boh, das ist er', dachte ich und fiel ihm um den Hals, teils aus Erleichterung, teils, weil das einfach so gehörte.

Ein wenig verlegen nahm auch er mich in den Arm und drückte mich kurz an sich. „Ich bin ein bisschen nervös gewesen", erklärte er. „Schließlich verabrede ich mich nicht jeden Tag mit jemandem, den ich über das Internet kennengelernt habe. Ich habe dich schon von der anderen Straßenseite gesehen, du bist mir sofort aufgefallen. Da bin ich dir kurzerhand entgegengegangen."

Mit einem Mal war alle Aufregung verschwunden. Ich hakte mich bei Tommy ein. „Jetzt sollten wir einen Kaffee trinken und uns ein wenig näher kennenlernen, was meinst du?"

Dienstag, 16. Oktober

von: Pattie
an: Tommy
Gedanken
Hallo mein Tommy, hast du dir unser erstes
Date so vorgestellt?
Ich habe mir vorher ganz schön viele Gedanken gemacht, denn ich habe ja auch noch nie
jemanden über das Internet kennengelernt,
genauso wie du. Meine Töchter sind da wesentlich cooler. „Wenn er dir nicht gefällt,
dann gehst du einfach weiter und guckst ihn
gar nicht an", hat Steffi mir geraten. Ihre
Schwester meinte, dass ich mir wenigstens
„ein kostenloses Abendessen reinziehen" solle.
Die große Kleine (175 cm, Schuhgröße Yeti)
macht zurzeit einen auf abgebrüht und Jungen
(du scheinst auch in die Kategorie zu fallen ;-))
sind uncool!
Gott sei Dank waren alle guten Ratschläge
nicht erforderlich, denn beim Anstandskaffee
konnten du und ich gleich über Gott und die
Welt reden. Die Chemie hat offenbar von Anfang an gestimmt. Schon in dem kleinen Café
hätte ich dir über den Tisch weg einen dicken
Kuss aufdrücken können. Dazu ist es halt später gekommen, weshalb ich die Einladung zum
Essen schlichtweg vergessen habe.
Alles, was danach geschehen ist, war einfach
nur wunderschön für mich und sehr aufregend.
Das kleine Hotel, die unglaubliche Zärtlich-

keit, die Vertrautheit, die sofort da war ...
Weißt du, ich lasse mich bestimmt nicht mit
dem Erstbesten ein, doch ich bin alt genug, um
mich nicht zu zieren wie ein kleines Mädchen,
wenn mir jemand so sehr gefällt.
Jetzt sitze ich mitten in der Nacht zu Hause
vor der verflixten Maschine, warte auf eine
Nachricht von dir und bin ziemlich unsicher...

von: Tommy
an: Pattie
re:
Hallo Pattie,
es tut mir leid, dass ich dir nicht sofort geschrieben habe. Bin ziemlich durcheinander.
Auch ich habe in Vorfeld unserer Verabredun-
gen die verschiedensten Szenerien durchge-
spielt, habe mit allem gerechnet – nur nicht
mit dem, was geschehen ist! Ja, das war schon
etwas ganz Besonderes, was da zwischen uns
passiert ist und ich bin noch ganz überwältigt.
Noch schöner ist, dass du es ganz genau so
empfunden hast.
Ich freue mich auf ein Wiedersehen, denn wir
sehen uns doch wieder, nicht wahr!
CU
Tommy
PS: Ich bin doch genauso unsicher wie du

von: Pattie
an: Tommy
hmmm
Ich kann gar nicht schlafen, es geht mir so viel
durch den Kopf.
Wie schön, dass du mir doch noch geantwortet
hast. Es ist toll gewesen mit uns, gell. Und
ganz besonders.
So, jetzt geht es mir besser und ich werde
langsam müde. Morgen ist ein langer Tag für
mich. Ich nehme dich ganz lieb in den Arm
und gebe dir ein sehr braves Küsschen.
Die unbraven werde ich mir für unser Wiedersehen aufheben.
Pattie

von: Tommy
an: Pattie
gute Nacht
Schlaf gut, meine Kleine,
ich rufe dich morgen gleich an! Freue mich auf
ein Wiedersehen und deine unbraven Küsse!
Tommy

Montag, 22. Oktober

von: Pattie
an: Tommy
Huhu
Hi Tommy, it's me Pattie!
Im Hintergrund läuft eine Pur CD und ich
denke an dich. Jetzt haben wir uns schon zwei
Mal getroffen und ich freue mich jedes Mal
mehr, dich zu sehen. Wie sieht es morgen aus?

Wobei ich mal etwas sagen muss: Also mir ist
ja schon einiges im Leben passiert, aber dass
ich im Restaurant den falschen Tisch ansteue-
re, so wie bei unserem letzten Date am Samstag... Dabei sah der Typ gar nicht aus wie du.
Was der wohl gesagt hätte, wenn ich mich
wirklich gesetzt hätte? Und seine Begleitung
erst mal, wenn sie von der Toilette gekommen
wäre? Peinlich, peinlich! Du bringst mich ganz
schön durcheinander.
Dabei soll es doch immer nur schön zwischen
uns sein und stressfrei und ganz zärtlich. Denn
wir treffen uns, weil wir das möchten und
nicht, weil wir uns vor langer Zeit mal das
Jawort gegeben haben, nicht wahr!
Pattie,
völlig durch den Wind

von: Tommy
an: Pattie
zärtlich
Ja, ich möchte immer zärtlich zu dir sein... an
deinen Lippen knabbern und sonst wo...
Mein Lieblingstitel von Pur ist „Fallen". Wenn
ich den Song höre, so möchte ich am liebsten
die Augen zu machen und mich fallen lassen -
bloß, keiner fängt mich auf! Das war schon
immer mein Schicksal   ;-)
Okay, dann doch lieber „Drachen sollen fliegen". Als alternder Drache hebe ich durchaus
noch ab.
Übrigens, ich fand es in der Pizzeria nicht
peinlich, sondern nur süß!

von: Pattie
an: Tommy
re:
Mein alter Drache,
vielleicht hast du dich noch nie richtig fallen
lassen. Denn dazu gehört ganz viel Vertrauen.
Vielleicht hast du jetzt jemanden gefunden,
der dich auffängt, einfach weil das zum Liebhaben dazugehört. Das möchte wohl jeder von
uns; aufgefangen werden, ganz uneigennützig,
nur weil der Andere uns liebt. Gleichzeitig ist
es schön jemanden zu halten, ihm Sicherheit
zu geben, Vertrauen schenken und empfangen.

Vielleicht ... wenn du Vertrauen zu mir hast ...

von: Tommy
an: Pattie
bis morgen
Sorry, aber ich muss jetzt wirklich ins Bett,
melde mich morgen wieder.
Noch ein letzter Kuss, bis dann und schlaf gut.

von: Pattie
an: Tommy
re:
???

Mittwoch, 24. Oktober

von: Pattie
an: Tommy
vergessen
Guten Morgen Tommy,
du bist aber schweigsam. Hast du so viel zu
tun, dass du dich gar nicht melden kannst,
nicht mal Zeit für eine SMS hast?
Egal, ich bin sowieso beschäftigt. Habe ich dir
eigentlich erzählt, dass ich Besuch bekomme?
Ein guter Bekannter hat sich angemeldet. Das
war schon längerfristig geplant. Ich fürchte es
ist im Chaos der letzten Zeit untergegangen.
Leider wird ein Treffen zwischen uns deshalb
wohl eher unwahrscheinlich sein, jedenfalls in
dieser Woche.

Ich hoffe das ist in Ordnung?
Patricia
würde dich immer noch gern auffangen, wenn
du das möchtest...

von: Tommy
an: Pattie
re:
Guten Morgen,
natürlich ist das in Ordnung. Ich werde mich
einfach eine Woche gedulden (trampel, scharr)
und mich auf ein Wiedersehen freuen.

Sorry, aber ich habe in den letzten Tagen einiges um die Ohren und bin nicht dazu gekommen, mich zu melden. Das erzähle ich dir,
wenn wir uns das nächste Mal sehen.
Es soll zwischen uns immer unkompliziert
ablaufen, nicht wahr. Dazu gehört auch, dass
man sich ein – zwei Tage nicht meldet, weißt
du.
Was hältst du davon, wenn wir ein paar Tage
zusammen wegfahren. Ich weiß ein nettes
kleines Ferienhaus in Burg, auf Fehmarn und
ich glaube Haus, Ort und Insel würden dir gefallen!
Warst du schon mal dort?
Tommy

von: Pattie
an: Tommy
ja dann...
Vielleicht wäre es schön, ein paar gemeinsame
Tage miteinander zu verbringen. Ich war noch
nie auf Fehmarn und würde die Insel gerne
kennenlernen.
Allerdings muss ich schauen, wie ich das zeit-
lich hinkriege.
Muss jetzt los

von: Tommy
an: Pattie
Fehmarn
Schön, ich kümmere mich darum. Viel Spaß
mit deinem Besuch, wer immer das ist?!
Du hörst von mir.

Donnerstagsverwicklungen

„So, jetzt können wir starten, ich habe einen Bärenhunger."

Mein Bekannter hatte mich pünktlich zum Feierabend im Laden abgeholt. Ich kannte ihn schon seit Urzeiten. Günther war ein alter Freund meines Bruders, der mich hin und wieder besuchte. Wir gingen zusammen essen, klönten über alte Zeiten und hatten einfach Spaß. Zugegeben, wir flirteten mild miteinander, doch war unsere Beziehung trotzdem eher freundschaftlicher Natur.

Dieses Mal kam mir sein Besuch ganz gelegen, denn ich hatte mich über Tommy geärgert. Was dachte sich der Typ eigentlich? Plötzlich kümmerte er sich kaum noch um mich, speiste mich hin und wieder mit einer kurzen Mail ab.

Ich hakte mich bei Günther unter und wir steuerten die nahe gelegene Pizzeria an. Im Vorbeigehen bemerkte ich ein bekanntes Auto. Jemand saß im Innenraum und schaute uns entgeistert hinterher. ‚Tommy, das ist Tommy', dachte ich etwas dümmlich. Aller Ärger über ihn war wie weggeblasen, ich freute mich irrsinnig, dass er mich augenscheinlich von der Arbeit abholen wollte. Aber da war ja auch noch Günther. ‚Bravo, Pattie', schalte ich mich. Das hatte ich ja prima hingekriegt. Der erste Mann, an dem mir seit langer Zeit etwas lag war extra 100 km gefahren um mich zu sehen und ich spazierte Arm in Arm mit einem anderen herum.

„Geh doch schon vor. Du kannst uns einen Chianti bestellen, der ist hier hervorragend ", wandte ich mich an meinen Bekannten. „Ich habe etwas vergessen. Ich komme gleich nach."

Ohne mich noch einmal nach ihm umzusehen ging ich zum Auto.

Tommy öffnete die Tür. „Hallo, eigentlich wollte ich dich zum Essen einladen."

„Es tut mir leid, aber ich habe schon eine anderes Date", der Satz platzte aus mir heraus, ehe ich es verhindern konnte. Gleichzeitig dachte ich: ‚Was rede ich denn da für einen Mist? Date?', doch das nutzte jetzt auch nichts mehr.

„Ja, dann will ich dich nicht länger stören." Tommy schloss mit einem Ruck die Autotür und brauste davon, ehe ich noch etwas sagen konnte.

In der Pizzeria musterte Günther mich prüfend. „Eine neue Eroberung? Davon hast du mir ja noch gar nicht erzählt."

„Ach weißt du, wahrscheinlich gibt es nach diesem Auftritt nichts mehr zu erzählen", erklärte ich düster und orderte einen doppelten Grappa.

Freitag, 2. November

von: Tommy
an: Pattie
Herzbeben
Hallo Patricia,
es ist schwierig meine Gefühle in Worte zu fassen, aber ich will es versuchen:
Obwohl du mir gesagt hattest, dass du Besuch bekommst, musste ich dich sehen, mit diesem Gefühl bin ich gestern Morgen schon aufgestanden. Den ganzen Tag über hatte ich vor lauter Aufregung ein flaues Gefühl im Magen. Ich hatte mir vorgenommen, einfach zum Feierabend bei dir im Laden vorbei zu kommen, dich ganz lange und zärtlich zu küssen und dir zu sagen, wie sehr du mir fehlst.
Als ich dich mit deinem Begleiter sah, als du an seinem Arm an mir vorbei gegangen bist, war ich ganz perplex. Ich nahm mir vor wieder nach Hause zu fahren, dich nachher anzurufen, um dir zu sagen, dass ich Sehnsucht nach dir habe. Mein Kartenhaus stürzte erst ein, als du zum Auto gekommen bist, mir gesagt hast, dass du ein Date mit ihm und keine Zeit für mich hast.
Doch du bist mir keine Rechenschaft schuldig, weder nach dem dritten noch nach dem dreihundertsten Treffen und wenn du mich nicht mehr sehen möchtest, so wünsche ich dir alles Gute. Es waren einige wunderschöne Tage mit

dir, die ich in meinem Leben niemals vergessen werde.

 Du hast mir geschrieben, dass du eine unkomplizierte Beziehung möchtest, deshalb weiß ich nicht, ob du dich auf mich einlassen kannst.

Tommy

Samstag, 3. November

von: Pattie
an: Tommy
schlaflos
Hallo Tommy,
jetzt ist es schon nach Mitternacht und ich kann gar nicht einschlafen.
Ich denke wir sollten uns ernsthaft unterhalten. Wie stehen wir eigentlich zueinander? Du willst dich einerseits nicht ernsthaft auf mich einlassen, andererseits kannst du es nicht ertragen, wenn ich mit jemand anderem ausgehe? Ich weiß doch nicht, ob du es ernst mit mir meinst oder ob du nur eine kleine Abwechslung suchst. Und ich denke das weißt du selbst noch gar nicht! Wenn wir zusammen sind, so ist das wunderschön. Doch was ist danach? Kehrst du dann heim zu Frau und Kindern, in eure kleine heile Welt?
Ich lebe allein, bin unabhängig, nur mir selbst Rechenschaft schuldig, muss zwar auf die

Kinder Rücksicht nehmen, doch das klappt ganz gut. Ich werde nicht zu Hause sitzen und abwarten, bis du gerade mal Zeit für mich hast, neben gesellschaftlichen Verpflichtungen mit deiner Frau, Hobbys und Arbeit. Jedenfalls ist das von deiner Seite aus bisher so rübergekommen.

Ich habe dir von Anfang an gesagt, dass ich nicht die zweite Geige spielen werde! Doch du hast nie viel Zeit, hast mir geschrieben „du hörst von mir" und dich nicht mehr gemeldet. Der Besucher ist ein alter Freund meines Bruders, auf den brauchst du nicht eifersüchtig zu sein (bist du das?). Ich mag ihn, doch ich liebe ihn nicht.

Eigentlich bin ich dir auch keine Rechenschaft schuldig, nicht bevor ich weiß, wie ich mit dir dran bin. Doch auch dann gehöre ich nur mir allein, niemand anderem. Ich kann mich verschenken, doch dazu brauche ich Vertrauen. Pattie

von: Tommy
an: Pattie
re:

Du bist mir wirklich keine Rechenschaft schuldig und du gehörst nur dir allein, das weiß ich. Aber als du mit mir am Auto von einem Date gesprochen hast, ist eine Welt für mich zusammengebrochen. Ich habe gedacht: ‚Das war's, schon wieder Gefühle verspielt!'

Sei nicht böse, wenn ich dir jetzt etwas unge-
schminkt schreibe: Ich weiß ganz genau, dass
ich lieber alles beenden würde, wenn ich von
anderen Partnern wüsste. Es gibt Dinge die
kann ich nicht teilen und das hat nichts mit
Egoismus zu tun.

Was meine Frau anbetrifft, so bedeutet sie mir
nichts mehr. Wir leben seit Jahren getrennt
unter einem Dach, das ist alles. Es gibt nichts
mehr zu kitten und schon gar kein heiles Fami-
lienleben. Ich bin nur wegen der Kinder und
meiner Mutter, die mit im Haus wohnt noch
nicht ausgezogen. Das bisschen Fassade, welche wir bislang mühsam aufrechterhalten haben bröckelt immer mehr.

Es ist für mich schwierig, Gefühle auszudrü-
cken. Ich glaube durch die Ehe ist etwas tief in
mir kaputt gegangen, das sich nicht in ein paar
Tagen reparieren lässt.

Ich kann dich nur um Geduld bitten.

Ich habe gedacht du würdest auch ohne Worte
wissen, dass ich dich mag. Ich kann mich nicht
so schnell von innen nach außen krempeln, ich
brauche Zeit.

Aber ich kann dir versprechen, dass du für
mich kein Abenteuer bist und dass ich keine
andere Frau will als dich!

Alles andere möchte ich dir lieber selbst sagen: manches, wenn ich dir in die Augen
schaue; manches, wenn ich dich im Arm habe.
Und ich möchte mich nicht nur fallen lassen,
ich fange dich auch auf. Doch ich brauche Zeit

um das, was ich mit einem Kuss ausdrücke in
Worte zu fassen.
Ich mag dich und ich denk' an dich (viel zu
oft).
Ich möchte dich im Arm halten - ohne Worte,
einfach nur festhalten.
Dein Tommy
Würde mich nach wie vor sehr freuen, wenn
wir gemeinsam ein paar Tage wegfahren könn-
ten!

von: Pattie
an: Tommy
JA
Ach du!
Ja meinst du denn mir geht es anders als dir?
Auch ich bin in meiner Ehe sehr verletzt worden und habe eine Heidenangst davor zurück-
gewiesen, wieder verletzt zu werden. Angst
davor Gefühle zu geben und zuletzt wieder als
Looser dazustehen, mit nichts als einem ge-
brochenen Herzen. So geht es dir auch, nicht
wahr.
Doch wenn du mich lieb hast, dann ist alles
klar. Und es ist glasklar, dass es nichts zu teilen gibt. Was glaubst du denn bloß! Dass ich
mir einen Harem halte, oder was? EIN Mann
ist anstrengend genug, mein Bester.

Im Übrigen würden mir die Mädel ganz was
anderes erzählen wenn hier andauernd irgend-

welche Typen ein - und ausgehen würden.
Diesbezüglich haben wir eine ganz klare Abmachung: Wir bringen nur unseren absoluten Traummann mit nach Hause.

Ich würde schon gerne ein komplettes Wochenende mit dir verbringen. Gib mir ein wenig Zeit um nachzudenken, die Gedanken zu ordnen.

Ich denke aus dem Alter um Spielchen zu spielen sind wir inzwischen heraus. Im Übrigen schätzen, mögen und respektieren wir uns zu sehr, um auf den Gefühlen des anderen herumzutrampeln.

Weißt du, irgendwie sind wir beide kalt erwischt worden, keiner hat damit gerechnet, sich zu verlieben.

Ich denk' an dich und küsse dich ganz einfach bloß furchtbar lieb.

Pattie

Montag, 5. November

von: Pattie
an: Tommy
re:
Hallo du,
wenn du das immer noch möchtest, so würde
ich mich freuen ein paar Tage mit dir zu verbringen. Nur wir beide, ohne den ganzen
Stress rund herum.
Luft holen und zueinanderfinden, das wäre
schön.
Pattie

von: Tommy
an: Pattie
Okay
Hallo zurück,
ja, ich denke wir sollten das wirklich machen
und noch einmal von vorne anfangen. Ich
könnte das Haus für das übernächste Wochenende bekommen.
Liebe Pattie, ich würde mich wirklich freuen,
wenn du mir vertraust!

Donnerstag, 15. November

von: Tommy
an: Pattie
bis morgen
Hallo meine Kleine,
ich bin morgen gegen 17 Uhr bei dir. Wir werden ziemlich spät ankommen, aber das ist in Ordnung. Habe den Schlüssel fürs Haus sowieso schon.
Mein bester Kumpel hat mir ein kulturelles Programm ausgearbeitet und da musst du schon mit, Kultur muss sein ;-)
...und Allohol auch
...und eine Disco am Samstagabend.
Möchte dich im Arm halten, vielleicht etwas Langsames tanzen. Wenn wir keine geeignete Disco finden, so werden wir es im Wohnzimmer tun, tanzen natürlich - was denkst du denn (und alles andere auch). Ich möchte mit dir glücklich sein, Spaß haben, das Leben genießen. Dich einfach nur lieb haben, denn das habe ich.
Bitte lass mir noch ein wenig Zeit. Ich kenne mich selbst nicht wieder, war immer so cool und taff und möchte plötzlich die ganze Welt umarmen. Fühle mich unsicher und verletzlich.
Hey, jetzt ist es genug,
 bis morgen
Tommy

Freitag wird alles gut

‚Bestimmt kommt er gar nicht', dachte ich, während ich mich tiefer in meine Jacke kuschelte. Ich hatte darauf bestanden, dass Tommy mich an der nächsten Straßenecke abholte, denn ich wollte mir die Kommentare der Mädchen ersparen. Auch fand ich es zu früh, ihn meinen Töchtern vorzustellen.

Jetzt stand ich frierend an der Straßenecke und kam mir ziemlich albern vor. Inzwischen war es eine Viertelstunde nach der verabredeten Zeit. Wieder einmal machten sich Bedenken breit. Was, wenn er sich mit seiner Frau ausgesöhnt hatte? Frustriert nahm ich meine Reisetasche auf, um wieder nach Hause zu gehen, als sein Auto neben mir hielt. Tommy stieg aus und nahm mir die Tasche ab. „Um ein Haar wäre ich gar nicht gekommen", sagte er bedrückt.

„Das habe ich mir gedacht, ich wollte schon gehen. Es ist wegen deiner Frau, nicht wahr?"

„Auch, ich komme mir vor wie ein richtiger Mistkerl. Ich betrüge sie, aber vor allem ist das alles nicht fair dir gegenüber. Ich will dir auf keinen Fall weh tun, weißt du."

Ich konnte es nicht glauben, dieser Mann schien ganz anders zu ticken, als die Meisten seiner Geschlechtsgenossen. „Das kannst du beruhigt mir überlassen, ich bin ein großes Mädchen." Alle meine Bedenken schmolzen dahin. Ich küsste ihn sanft, strich ihm über den

Nacken. „Ich mag deine komischen Stachel-haare hier."

Das Eis war gebrochen, Tommy grinste mich an. „Okay, dann wollen wir mal, auf nach Fehmarn.

Es wurde eine kurzweilige Fahrt. Er hatte an alles gedacht. Bei der ersten Rast förderte er eine Box zutage, in der sich eine gefüllte Thermoskanne und alle nötigen Utensilien zum Kaffeetrinken befanden. „Falls du müde wirst, habe ich hier ein Kissen und einen Schlafsack."

Ich hatte in der Nacht zuvor vor lauter Aufre-gung kaum geschlafen und kuschelte mich bald in das Kissen. „Bloß für eine Minute, ich will ganz bestimmt nicht einschlafen, wenn wir zusammen sind", murmelte ich und gähn-te.

Als ich wieder aufwachte, war es dunkel. Tommy grinste mich an. „Hallo Murmeltier, ich glaube du bist länger als für ein paar Minu-ten eingeschlafen. Schau mal, wir sind schon auf der Fehmarnsundbrücke. Bis Burg ist es nur noch ein Katzensprung. Ich freue mich auf die freien Tag und noch viel mehr auf dich."

Wirklich dauerte es gar nicht mehr lange und wir betraten das kleine, schnuckelige Häus-chen. Tommy nahm mich in den Arm: „Herz-lich willkommen, meine Kleine." Er küsste mich zärtlich und ich erwiderte seinen Kuss mit wachsender Leidenschaft.

Dienstag, 20. November

von: Pattie
an: Tommy
@mail für dich
Soifz, welch ein Wochenende!
Jetzt bin ich gerade mal ein paar Stunden zu Hause und habe vor lauter Sehnsucht schon die zweite Tüte Lakritz leergegessen.
Meine Mädel schauen mitleidig, denn sie kennen sich als Fachfrauen in Sachen Liebe bestens aus, stelle ich gerade fest. Die Dackeldame guckt beleidigt, sie hat nichts abbekommen. Stell dir bloß vor, dieses verfressene Ding mag sogar Lakritz! Doch alle drei verstehen nicht, wieso ich im Moment so gaga bin.
Ich habe mich total in die Insel verliebt (nicht nur in die Insel) und hoffe wir können irgendwann mal wieder dort hin. Das kleine Haus ist wirklich toll.
Man beachte - wir haben das kulturelle Programm wirklich abgearbeitet. Doch am allerschönsten war es, ein paar Tage mit dir zusammen zu sein. Ohne den alltäglichen Wahnsinn, der uns nicht zur Ruhe kommen lässt. Arm in Arm spazieren gehen, den Anderen einfach nur spürend. Und gespürt habe ich dich wie noch nie. Du warst mir so nah, ganz ohne Worte.
Jetzt sitze ich vor meiner Computerklapperkiste, kaue Lakritz, fühle mich irgendwie schwe-

bend und hab' eine solche Sehnsucht nach
Tommy, mit dem ich:
- Blödsinn machen,
- mich bei einem Bier über Gott und die Welt
   unterhalten,
- beim Fernsehen kuscheln,
- Pferde stehlen,
- um die ganze Welt segeln kann.
Der:
- mitten in der Nacht aufsteht, um Whisky zu
   trinken
   und mir keinen abgibt,
- andauernd ohne Erfolg sagt ich soll die
   Klappe halten,
- zärtlich ist wie kein anderer und extrem kuschelig,
- mich ganz doll lieb hat und Schwierigkeiten
   mir das zu sagen,
- mir seine Liebe mit vielen kleinen Gesten
   zeigt,
- einen klasse Knackarsch hat,
- immer alles bezahlen will,
- freiwillig die Küche wischt und die Toilette
   auch noch,
- mit dem ich ein paar traumhafte Tage verbracht habe
- und den ich ganz viel doll lieb habe!!!!!!!!!!

von: Tommy
an: Pattie
Hallo Engel,
auch ich sitze vor dem PC, einsam und allein
und denke an dich. Es ist schön und schrecklich zugleich immer an einem Menschen zu
denken, dem man nah sein möchte und es doch
nicht kann. Hoffentlich hast du genug Geduld
mit mir?!
Ich hätte nicht geglaubt, wie schwer und
merkwürdig es ist, sich noch einmal zu verlieben - und wie schön.
Aber ich bin zu alt, um alles hinter mir abzu-
brechen; alles was ich in über 20 Jahren auf-
gebaut habe einfach wegzuwerfen. Wobei ich
an materielle Werte denke, mit den Gefühlen
bin ich zum großen Teil im Klaren, denke ich.

Es waren wunderschöne Tage und es war
schön dein Vertrauen zu spüren. Du warst so
liebenswert. Auf Fehmarn hat wirklich alles
gepasst zwischen uns. So glücklich und traurig
war ich schon seit Jahren nicht mehr. Als ich
in der Nacht aufgestanden bin, weil ich mit
meinen Gefühlen allein klarkommen musste
(nö, ich wollte ja bloß Whisky saufen), da habe ich dich so lieb schlafen sehen, dass mir
fast das Herz geplatzt ist. Übrigens schnor-
chelst du ganz leise - und das ist soooo süß,
ehrlich! Wieder einmal oft fehlen mir die Worte.
So sage ich's mit Eric Clapton:

I feel wonderful,
because I see the love lite in your eyes.
And the wonder of it all is,
that you just don't realise
how much I love you!

Möchte so viel schreiben, möchte dich spüren,
streicheln, küssen, halten, lieben und bei dir
sein, bis die Sonne aufgeht. Patricia, ich hab'
dich lieb und es tut weh, denn ich habe Angst
dich gleich wieder zu verlieren.
Wenn du dies hier liest, dann werde ich sicher
schon im Bett sein und träumen, Sehnsucht
haben und noch immer Flugzeuge im Bauch.
Ich nehme dich im Traum in den Arm und
halte dich die ganze Nacht, streichle dich zärtlich, bis du einschläfst.
Dein
Tommy
Bitte! Können wir uns morgen sehen?

von: Pattie
an: Tommy
ILY
Hallo mein Tommy,
ich habe dich lieb, weißt du. Solange du mir
das Gefühl gibst, dass du mich auch lieb hast,
dass ich wichtig für dich bin, hast du alle Zeit
der Welt. Dann werde ich immer für dich da
sein, wenn du mich brauchst. Natürlich können

wir uns morgen treffen. Ich gehe ja fast kaputt
vor lauter Sehnsucht.

Gestern Nacht bin ich aufgewacht und habe
neben mir herumgetastet ... bloß... da war niemand. Bis ich dann ganz wach war und ganz
traurig.

Hätte nie gedacht, dass ich mich so schnell bis
über beide Ohren verlieben könnte, ist halt
passiert. Jetzt muss ich damit klarkommen und
du auch.

So, jetzt werde ich müde und muss in mein
kaltes, viel zu großes Bett gehen.

Bis morgen, mein Herz. Am besten holst du
mich zu Hause ab, dann lernst du gleich meine
Mädel kennen. Keine Angst, nur der Dackel ist
manchmal etwas bissig, aber er lässt sich bestechen, wirklich.

Deine Pattie,

schwer verliebt

Hey, ich bin eine feine Frau und schnarche
niemals, bestimmt hast du dich selbst gehört!

Donnerstag, 22. November

von: Pattie
an:　Tommy
Happy Birthday
Hallo Geburtstagskind!
Alles Liebe und Gute zu deinem Geburtstag.
Ich bin ein bisschen traurig, dass ich jetzt nicht
bei dir sein kann. Hätte dich so gerne in den
Arm genommen und dir meine Geburtstags-
wünsche ins Ohr geflüstert. Doch ich verstehe,
dass du heute mit der Familie feierst und mit
Freunden. So wünsche ich dir einen tollen Geburtstag mit ganz vielen lieben Menschen um
dich, die dich mögen, vielleicht so sehr wie
eine gewisse verrückte Person.
Jedenfalls habe ich dich gestern in den Arm
nehmen können. Ich hoffe dir gefällt mein
Geschenk, du hast es ja erst heute aufmachen
dürfen. Geburtstagsgeschenke vorzeitig auspacken, das gibt ganz böses Karma und das wollen wir tunlichst vermeiden.
Ehe ich es vergesse: ich soll dich lieb von den
Mädels grüßen und auch von ihnen gratulie-
ren. Ich glaube sie mögen dich echt, obwohl
sie dich nur kurz kennengelernt haben, sozu-
sagen zwischen Tür und Angel. Ich bin gespannt was passiert, wenn sich unsere Kinder
mal treffen. Was meinst du, ob wir sie miteinander verkuppeln können?　;-)
So, jetzt will ich nicht länger stören.
Pattie

von: Tommy
an: Pattie
Hallo meine Maus...

...bin wieder zu Hause und allein vor dem Computer. Die einzigen lieben Menschen, die ich um mich hatte, waren meine Söhne. Ich habe sie zum Essen eingeladen, zur Feier des Tages. Meine Mutter fühlt sich heute nicht wohl und Freunde waren leider nicht da, dafür sorgt schon meine nette Ehefrau, aber davon erzähle ich dir, wenn wir uns sehen.

Ein lieber Mensch hat mir soooo gefehlt – mit dem würde ich jetzt gern kuscheln und mich, weil mein Geburtstag ist, verwöhnen lassen. Du verstehst schon:

1. die Pantoffeln bringen
2. Bier holen,
3. das Sofakissen zurecht schieben und
4. die Küche aufräumen.

Leider geht das (noch) nicht, aber was nicht ist ...

Du weißt, ich bin ein Skorpion und die sind ziemlich dominant.

Wäre das jetzt schön mit dir allein, das wäre mein schönstes Geschenk. Was wird das bloß noch mit uns beiden? Kannst du nicht etwas biestiger, zickiger, hexiger sein? Ich kann mich bald nicht mehr gegen meine Gefühle wehren – und dann?

Ach, Thomas, hör' jetzt auf damit.
Ich glaube wirklich, ich hab'.....

(nein, keinen Knall, obwohl den vielleicht auch!)

Einen schönen Gruß an deine netten Töchter, ich mag sie sehr, und wenn wir das Jungvolk zusammenführen, werde ich meinen Knaben kräftig auf die Finger klopfen, falls sie baggern sollten.

Jetzt gebe ich dir einen langen, lieben Kuss. Werde mir noch ein Bierchen genehmigen, dann ins Bett gehen und von dir träumen.

Ich denk' an dich, denn ich mag dich.

Tommy

Das Parfum gefällt mir sehr gut, ist genau meine Duftnote. Danke noch mal dafür.

von: Pattie
an: Tommy
das letzte Wort

Ach Schatz, das hört sich nicht gerade nach einer supercoolen Geburtstagsfeier an. Vielleicht können wir im nächsten Jahr deinen Geburtstag alle zusammen feiern, ganz bestimmt auch mit deiner Mutter und lieben Freunden. Und mach dir da mal keinen Kopf; die Mädel können ganz schön rabiat sein, wenn ihnen ein Bursche quer kommt. Das ist das Erbteil ihrer Mutter, die ist zuweilen ziemlich hexig, das hast du bloß noch nicht bemerkt!

So, nun zu deinen Vorschlägen für die Verwöhnung eines männlichen Geburtstagskindes, mein Bester.

Du magst ja in Sternbild des Skorpions geboren und ziemlich dominant sein, doch ich bin eine Löwin, ein Feuerzeichen. Ich würde also, wenn du irgendwann mit solch merkwürdigen Anwandlungen kommst

1.-dir die Pantoffel auf den Kopf hauen,

2.-mir eine Flasche Bier holen,

3.-mir anschließend das Sofakissen schön aufschütteln

4.-dich zum Aufräumen in die Küche schicken.

Das hört sich doch wirklich nach einem netten Geburtstag an, oder? Das nur mal so, damit du hinterher nicht sagst ich hätte dich nicht gewarnt. Ich kann schon ein ziemliches Biest sein und oft geht das Temperament mit mir durch. Hinzu kommt eine ziemlich große Klappe, durch die ich mich schon in die unmöglichsten Situationen gebracht habe. Das erzähle ich dir gelegentlich.

Jetzt gebe ich dir den lieben Kuss zurück und noch hunderttausend kleine Geburtstagsbussis hinterher. Überall hin, wo du sie haben willst. Pattie

Nachtrag – der Skorpion:
(nicht, dass ich an Horoskope glauben würde...)

Skorpione sind extrem. Alles Mittelmäßige und Oberflächliche verachten sie. Dabei sind sie kompromisslos - sogar, wenn sie dabei in Gefahr geraten. Sie lieben es Geheimnisse aufzudecken und Tabus zu brechen. Sie verfügen über ein enormes psychologisches Talent, allerdings müssen sie lernen, ihre Macht nicht zu missbrauchen. Ihre Kompromisslosigkeit bringen sie oft in Krisen.

oh – ha, der Skorpion, das ist ja einer!!!

von: Tommy
an: Pattie
gute Nacht
Hallo Hexie,
jetzt ist es doch noch ein schöner Geburtstag geworden.
Nur das Verwöhnen müssen wir noch üben, da hast du wohl was falsch verstanden.
Schlaf gut
Dein
Thomas

Mittwoch, 5. Dezember

von: Pattie
an: Tommy
Frage
Habe ich dir an einem Mittwochmorgen schon
gesagt, dass ich dich ganz doll lieb habe?
Nein? Dann sollte ich das wohl mal machen!

von: Tommy
an: Pattie
re:
Moin, moin,
das hast du, glaube ich, noch nicht.
Gut, das du dich meldest. Ich habe nachher
leider keine Zeit, hänge in der Familienschlei-
fe fest. Tut mir echt leid, dass ich unsere Verabredung nicht einhalten kann!
Sei nicht sauer!
Küsschen

von: Pattie
an: Tommy
Sorry, aber so geht's nicht!
Sag mal, was heißt das denn? Musst du den
Nikolaus für Mutti und die Kleinen machen
oder was? Ich bin bisher wirklich geduldig
gewesen, aber so langsam hätte ich doch gern

gewusst, wie es weiter gehen soll. Ich weiß,
ich habe dir gesagt du hättest alle Zeit der
Welt, doch es wird immer schwieriger für
mich, zumal du unsere Treffen ständig kurzfristig absagst.
Willst du mich wirklich?
Oder hängst du auf ewig in der ‚Familien-
schleife‘ fest???

von: Tommy
an: Pattie
re:
Wir treffen uns heute noch, wenn du das
möchtest!

von: Tommy
an: Pattie
Herzschmerz
Hallo, meine Kleine!
Jetzt ist es Abend und ich muss dir noch einmal schreiben, obwohl wir heute Nachmittag
so lange miteinander geredet haben. Ich bin
froh darüber, dass wir uns ausgesprochen haben.
Ich hoffe ein bisschen von dem, was ich fühle
und spüre, konnte ich dir heute erklären. Ich
hasse mich dafür, dass mir in solchen Situationen oft die passenden Worte fehlen. Bitte

glaube mir, ich werde niemals spielen, wenn es um Gefühle geht. Aber es ist nicht einfach sein Leben komplett neu zu sortieren, weißt du. Bitte gib mir noch etwas Zeit, um einiges zu regeln. Ich verspreche dir, dass wir bald offiziell zusammen sein können, nicht immer nur für ein paar Stunden.

Glaub mir, es fällt mir immer schwerer wegzugchen. Am liebsten würde ich dich nie wieder loslassen. Wenn es Nacht wird, möchte ich dich beschützen, küssen, dir das Gefühl von Sicherheit geben, dich in meinen Armen einschlafen lassen. Ich möchte noch viele glückliche Stunden mit dir haben, genau so wie auf Fehmarn.

Hoffentlich erdrücke ich dich nicht irgendwann mit meinen Gefühlen. Ich befürchte das geht nicht mehr lange gut. Ich werd' dich auffressen mit Haut und Haar. Ich brauche mehr als ein paar Minuten am Tag mit dir - also überlege es dir gut, ob du es mit mir aufnehmen willst.

Irgendwie möchte ich mit dir vor Weihnachten einen ganzen Tag und eine Nacht verbringen. Möchte mit dir lachen, glücklich sein, spazieren gehen, herumalbern, Liebe machen, dich halten und wärmen.

Ich glaube jetzt ist es genug, habe noch nie solche Briefe geschrieben. Noch nie ist mir das Herz so übergelaufen.

Dein

Tommy

von: Pattie
an: Tommy
liebeliebeliebeliebe
Hallo Du!
Drück mich ganz fest und voller Liebe, du
wirst mich niemals erdrücken.
Ich bin glücklich, dass es dir nicht anders
ergeht als mir; ich muss dauernd an dich denken: Manchmal sind es ganz banale Dinge:
Was macht er gerade, ob es ihm gut geht?
Dann möchte ich sofort zum Telefon greifen
und dir sagen, dass ich dich lieb habe, dass du
mir in jeder Minute fehlst, dass ich dich sehen,
mit dir den Tag teilen möchte. Manchmal allerdings habe ich ganz andere Fantasien von
dir...
Ob ich es mit dir aufnehme? Nicht nur das, ich
lasse mich auf dich ein, mein Junge! Ich werde
dir vertrauen und bin mir ganz sicher, dass wir
eine wunderschöne Geschichte miteinander
erleben werden. Das Ende ist bisher offen,
denn schließlich sind wir über die ersten 20
Seiten noch nicht hinausgekommen. Ich bin
selbst ganz gespannt, wie es weiter geht, und
hoffe auf ein Happy End.
Wir haben heute ganz viel geklärt. Du brauchst
keine großen Worte, ich habe dich auch so
verstanden, weiß jetzt genug, um dir zu Vertrauen.
Eigentlich wollen wir doch das Gleiche, ein
wenig Glück, Zärtlichkeit und das Gefühl ei-

nen Menschen an seiner Seite zu haben, dem man vertrauen kann.

Ich würde so gerne eine ganze Nacht mit dir verbringen. Meinst du, das wäre möglich? Ich fühle mich ganz puschelig, wenn ich daran denke eine ganze lange Nacht an dich gekuschelt zu schlafen, irgendwann zärtlich von dir geweckt zu werden. Leidenschaft zu erleben und wieder mit dir cinzuschlafen.

Ich würde mir das so sehr wünschen!

Pattie,

heute plüschig

Freitag, 7. Dezember

von: Tommy
an: Pattie
am Sonntag will dein Süßer mit dir...
Hallo meine Kleine,
nachdem wir uns spontan zu einem Sonntags-
ausflug mit anschließender gemeinsamer
Übernachtung entschlossen haben, bist du dran
um einen VERNÜNFTIGEN Vorschlag zu
machen was wir unternehmen, wenn ich dich
am Sonntag um 9 Uhr abhole. Die Planung für
die Nacht übernehme dann ich ...
Hier eine kleine Auswahl der möglichen
Events:
Bottrop: Skihalle;
Münster: Allwetterzoo;
Möhnesee;
Kahler Asten;
Patricias süße Hügel;
Gelsenkirchen: Schalkearena
Schalke: Abraumhalde;
Holland: Ijsselmeer;
Dorsten: Baggersee;
Wildpferde von Croyff:
ein mir bekanntes Wildpferd;
Wuppertal: Schwebebahn;
mit Pattie schweben;
Köln: Dom;
Brücke von Arnheim
oder was immer du magst.

Mir ist's egal, denn ich mag ausschließlich
dich, mehr als alles, was ich je gemocht habe.
Du hast mich verzaubert, verhext, verwandelt,
gewandelt, gedrückt, geliebt, glücklich gemacht, wahnsinnig gemacht - hör' nie auf damit. Bitte schreib mir, ruf mich an, fall mich
an, mach mich glücklich oder nieder, lass mich
nie mehr gehen, lass dich von mir beschützen,
behüten, aber lass mich nie mehr allein!
Ich kuschle mich im Traum an dich, lasse dich
nie mehr los. Denn ich habe dich lieb, mehr als
ich es mir selbst eingestehen möchte.
Dein
Tommy
Bitte sag mir, was du am Sonntag machen
möchtest. Mir ist alles recht, Hauptsache ich
mache es mit dir.

von: Pattie
an: Tommy
vernünftig???
...na hör mal, was dich anbetrifft kommen mir
eine Menge Gedanken, doch kein einziger ist
vernünftig.
Es ist mir piepegal, wo wir hinfahren, die
Hauptsache ist wir sind zusammen. Im Übrigen klingen deine Vorschläge alle samt durch-
geknallt. Das sind wir beide ja sowieso. Wahrscheinlich werden wir über den nächsten
Parkplatz nicht hinauskommen, weil wir unsere Hände nicht kontrollieren können, also su-

chen wir uns einfach einen besonders gemütlichen aus.

Ich freue mich total auf unser Zusammensein, ein ganzer Tag und eine Nacht. Wobei nicht klar ist, wer hier wen verhext hat, denn ich sehne mich ständig nach dir, bin zu keinem klaren Gedanken mehr fähig, schwebe den ganzen Tag 20 cm über dem Boden.

Meine Töchter bezweifeln inzwischen die Mutterschaft, weil ich mit verklärtem Blick vor mich hinstarre, sie kaum wahrnehme und selbst die größte Unordnung in ihren Zimmern belächele. Vorhin hat mich Andrea gefragt, ob sie ab Mitternacht in die Disco gehen darf und ich habe ihr übers Haar gestrichen und „Ja, Liebchen" gesäuselt. Sie hat mich ganz empört angeschaut. „Aber Mama, ich bin erst 14!"

Das Kind war die fleischgewordene Entrüstung, hat durch die Nase geschnaubt und ist aus dem Zimmer gestapft.

Mein Dackel hat es aufgegeben mit mir zu kommunizieren, liegt seufzend in der Ecke und erwägt ernsthaft, sich ein neues, normales Frauchen zu suchen.

Meine Kolleginnen lächeln nur noch mitleidig, wenn sie mich sehen: „Da kommt die Unzurechnungsfähige wieder vorbei geschwebt", scheinen sie zu denken. Und weißt du was, ich genieße es.

Was freue ich mich auf unseren Sonntag
Pattie,
schwerelos

Mittwoch, 12. Dezember

von: Tommy
an: Pattie
Oh je
Liebste Pattie,
vielleicht schaust du noch in dein Postfach,
bevor du ins Bett sinkst (allein?). Ich kann
nicht anders, aber alle wirklichen Gedanken
drehen sich um dich. Hätte ich gewusst, welch
ein Stress das ist sich zu verlieben, hätte ich
mich aufs Altenteil begeben und auf die Rente
gewartet.
Aber jetzt bist du in mein Leben geknallt - und
das ist supertoll. Du bist mein Anker, mein
Licht, mein Leben.
Diese Gefühle hätte ich gern ein Leben lang.
Ich brauche eine Partnerin, mit der man ernsthaft diskutieren, Blödsinn machen und zärtlich
sein kann. Ach was, sie muss einfach so sein
wie du. Unser Sonntag und die darauf folgende
Nacht waren so schön, doch mein Shit Gehirn
hat mir wieder einmal befohlen „Sei sofort
vernünftig“. Wirklich, irgendwann möchte ich
den Schädel einfach wegschalten können und
nur machen, was das Gefühl sagt. Kein Wunder, dass du sauer warst und mir das deutlich
gezeigt hast.
Als du vor deinem Haus aus dem Auto gestie-
gen bist, alle Achtung, das war echt filmreif.
Ich habe geglaubt, die Autotür springt aus den
Scharnieren, so wie du sie zugeknallt hast.

Ich will und werde mich noch oft mit dir streiten. Irgendwann fliegt mir sicher dein Bügeleisen hinterher und du wirst sehen, dass meine Reaktionszeit der eines Bundesligatorwarts gleicht! Aber noch lieber werde ich mich mit dir vertragen, immer wieder ganz zärtlich und wir werden uns vergeben, denn ich will der Schuldige sein (na ja, manchmal - sagen wir zu 0,5 %).

Habe gerade ein langes Gespräch mit meiner Mutter gehabt. Sie weiß, dass ich meine Frau verlassen werde und sie versteht, dass sie dann nicht weiter hier wohnen kann. Meine Frau würde ihr das Leben zur Hölle machen. Es ist schwer nach einer neuen Bleibe für sie zu suchen, doch das ist wohl die einzige Möglichkeit. Es kommt hinzu, dass es ihr gesundheitlich nicht so besonders geht.

Zu Silvester habe ich mich zu Hause ausgeklinkt. Wenn du auf eine Silvesterparty gehst, so bewerbe ich mich hiermit um einen Job als dein Bodyguard, Tanzpartner, Getränkebesorger, Mann für alle Fälle.

So, jetzt werde ich Schluss machen. Möchte dir gern sagen, wie lieb ich dich habe, aber das weißt du sowieso.

Ich....

Bitte hab' noch etwas Geduld mit mir, der Panzer zeigt schon Risse.

von: Pattie
an: Tommy
re:

Hallo mein Herz,
meinst du, es würde dir nur allein so gehen?
Meinst du, ich hätte so etwas für möglich ge-
halten? Sooo viel Liebe und Vertrauen, Zärtlichkeit und Vertrautheit! Ich hätte nie gedacht, das je wieder für einen Mann empfinden
zu können. Auch ich habe einen Schutzwall
um mein Herz gebaut und mich dahinter ver-
barrikadiert.
Unser Tag (und die Nacht) waren eigentlich
viel zu kurz, nicht wahr und eigentlich ist die
knapp bemessene Zeit, die wir miteinander
haben viel zu schade, um sich zu streiten.
Wenn du freiwillig zu 0,5 % schuld an dem
leidigen Streit bist, so ist das völlig in Ordnung.
Ach, noch etwas, irgendwann werde ich deine
Reaktionszeiten noch austesten, daran besteht
kein Zweifel.
Ich kann mir gut vorstellen, wie schwer dir das
Gespräch mit deiner Mutter gefallen ist. Ach
du, ich wäre so gern dabei gewesen, hätte dich
gestützt, und ich verstehe, wie schlimm das für
die alte Dame sein muss. Doch du kümmerst
dich ja weiter um sie und vielleicht kann ich
dich dabei unterstützen. Ich würde mich freu-
en, deine Mutti einmal kennenzulernen. Sei
mir jetzt nicht böse, du weißt, dass ich mich,
was deine Ehefrau anbetrifft, stark zurückhal-

te. Doch ich finde es ganz schlimm, dass sie ihren Frust an deiner Mutter auslässt. Das ist bezeichnend für sie.

Deine Bewerbung, die Silvesterparty betreffend, nehme ich wohlwollend entgegen.

Quatsch - es ist so toll, dass wir Silvester zusammen feiern können. Ich freue mich darauf, zum ersten Mal um Mitternacht mit dir anzustoßen und ‚meine' Rakete mit dir zu starten, denn eine Silvesterrakete muss sein! In diesem Jahr ist sie für uns beide und für eine gemeinsame Zukunft. Die Party findet dieses Mal bei meiner besten Freundin statt, wir feiern immer reihum, und du wirst dich dort wohlfühlen. Die Leute sind sehr unkompliziert und nett.

So, jetzt werde ich müde und gehe ins Bettchen - natürlich nicht allein! Was denkst du denn? Ich habe 1,2,3,4....8 Typen im Bett. Alle sind sie kuschelig aber am liebsten habe ich den kleinen braunen mit dem blauen Schal. Er ist schon ziemlich zerzauselt, denn ich kuschele megadoll mit ihm. Schließlich hast du mir den Plüschbären mal geschenkt.

Allerdings wäre noch Platz für einen ganz besonderen Kuschelbären. Er ist total lieb und er bringt mich dazu, mitten durch die Sterne zu fliegen...

Ich liebe dich,
ich brauche dich
ich will dich so sehr!

Samstag, 15. Dezember

von: Tommy
an: Pattie
Saturday night
Meine liebe kleine Hexe!
Du bist heute mit deinen Freundinnen ausgegangen und dieser Abend ist für mich die Hölle. Ich denke schon den ganzen Tag nur an
dich. Was tust du, wen triffst du?
Vielleicht ist im Horoskop ja doch etwas
Wahrheit: wenn ein Skorpion einmal sein Herz
verschenkt hat, dann richtig. Ich hoffe ich
werde es bis Montag aushalten. Wir haben so
viel gemeinsam, teilen so viele Interessen,
gerade deshalb kann es so schön mit uns werden.
Du wirst sehen: wir werden mit dem Motorrad
Touren machen, auf Konzerte gehen, zusammen alle Filme sehen die wir mögen. Wir werden kuscheln und bei Musik träumen, ohne
Worte, einander verstehend. Wir werden zusammen die schönsten Urlaube und die ver-
rücktesten Dinge machen.
Und wir werden uns lieben. Das soll jedes Mal
schöner sein und tiefer, alles verzehrend. Irgendwann, wenn du es auch möchtest, würd'‘
ich gerne mit dir zusammenwohnen.
Wir werden uns so einrichten, dass jeder sein
eigenes Reich hat, in das er sich zurückziehen
kann. Was ich brauche, ist eine Bücherwand,
eine Musikanlage, einen Fernseher, eine Kaf-

feemaschine einen bequemen Sessel und einen zweiten, falls du in mein Zimmer kommst, um mit mir zu diskutieren, Musik zu hören, zu lesen, zu streiten oder Türen zu knallen. Irgendwann, während eines Donnerwetters, werde ich dich in unser Schlafzimmer tragen. Dort werden wir weiter diskutieren, uns noch immer streiten und versöhnen. Auf jeden Fall werden wir uns dort lieben und anschließend zusammen träumen - das wünsche ich mir. Aber dieser Samstagabend bringt mich echt um. Vor Sorge das dir unterwegs bei dem Wetter etwas passiert und ein ganz klein wenig, dass du allein in die Disco gehst und sie nicht allein wieder verlässt. (Ich weiß ich bin bescheuert und habe kein Recht...) Trotzdem werde ich mir jetzt ein Bier gönnen - werde mich nicht besaufen, jedenfalls nicht sehr...

Wir werden Silvester zusammen das neue Jahr begrüßen, zusammen eine Rakete starten - für uns. Ich werde dich in den Arm nehmen, küssen und dir versprechen, dass das neue Jahr uns nur Gutes bringt. Darauf werde ich hinarbeiten, das steht fest.
Oh Pattie, ich glaube zum ersten Mal das Gefühl zu haben, dass ein Mensch mich wirklich lieb hat, so wie ich bin.
Ich möchte dir noch so viel sagen, doch mir fehlen die Worte. Ich hoffe, dass in einigen Wochen alles in normalen Bahnen läuft, denn ohne dich möchte ich nicht mehr sein.

Ich habe mich nicht nur verliebt,
nein –

VERFLIXT
ICH LIEBE DICH

Sonntag, 16. Dezember

von: Pattie
an: Tommy
mir fällt nix ein, außer dass ich dich liebe wie
blöd!
Lieberlieberlieber Tommy!
Ich sitze vor meinem Computer und heule vor
lauter Glück. Verflixt, jetzt habe ich die Tastatur vollgetropft, hoffentlich explodiert das
Ding nicht noch.
Du ahnst nicht, wie glücklich du mich mit deiner letzten Mail gemacht hast, genauer gesagt
mit dem letzten Satz. Ich könnte weinen und
lachen, springen und hüpfen. Aus den ersten
Impuls heraus habe ich zum Telefonhörer ge-
griffen und angefangen zu wählen. Aber ich
wusste ja nicht, ob ich dich jetzt auf dem falschen Fuß erwische, dich in eine unangenehme
Situation bringen. Also legte ich den Hörer
wieder auf und schreibe dir lieber.

Der Abend gestern war merkwürdig. Es ist wohl etwas Wahres daran: wenn man jemanden sucht, dann klappt es unter Garantie nicht, doch ist man in festen Händen...

Meine beste Freundin meint es liegt daran, dass ich strahle vor lauter Glück. Aber keine Sorge, ich habe den Kopf so voll von dir und mein Herz hast du ja sowieso in Verwahrung (bitte pass gut darauf auf)! Du musst dir wirklich keine Gedanken machen, wenn ich mit den Mädeln in die Disco gehe, denn ich liebe dich doch. Bitte vertrau mir einfach.

Wenn du an Silvester endlich meine Freundinnen, nebst Anhang, kennenlernst, so wirst du sowieso feststellen, wiiieeee brav und bieder wir allen miteinander sind!

Es gefällt mir, was du über eine gemeinsame Wohnung, die wir irgendwann haben werden, schreibst. Komisch: dein Zimmer sieht fast genau so aus wie meines. Auch ich brauche Platz für meine Bücher und CDs, meinen alten Computer (ein zickiges Teil, aber ich hänge halt dran) und meinen Sessel. Die Kaffeemaschine können wir uns teilen und den Fernseher überlasse ich dir freiwillig. Bestimmt lässt du mich, wenn ich ganz lieb zu dir bin, auch mal ab und zu gucken. Die Formel 1 müssen wir sowieso zusammen anschauen. Ach ja – ich brauche unbedingt noch ein Radio, bin ein wenig oldfashion und ein treuer Fan der Radiosendung „Yesterday". Besonders Roger Handt hat es mir angetan. Ich würd' gerne mal dort mitmachen, aber ich traue mich nicht. Wahrscheinlich fällt mir auch gar nix ein, wenn ich auf Sendung bin.

Ach du, ich freue mich so sehr auf unsere erste gemeinsame Silvesterfeier. Schläfst du bei mir oder musst du später wieder zurück? Ist bloß eine Frage, ich verstehe, dass du immer noch in einer Sch...Situation steckst, wenn es mir auch zusehends schwerer fällt, damit klarzukommen, dass ich dich immer noch nicht offiziell für mich habe. Ich wäre nicht sauer, sondern einfach nur traurig. Natürlich hoffe ich, dass wir lange ins neue Jahr feiern und anschließend...

Gerade kommt mein Küken ins Zimmer gestiefelt, sieht mich schnäufeln.

Andrea: „Washasnjetzt?"

Ich: „Bin glücklich!"

Sie: „AchwegendemTommy?"

Ich, noch immer mit leichtem schlucken: „Jaha."

Das Biest dreht sich um und säuselt: „Ach ja, die Liebe..."

Na warte, sie ist auch mal verliebt...

Ich freue mich sehr auf unser Date morgen. Werde dir einfach die Kleider vom Leib reißen!

Ach, lieber doch nicht, sonst muss ich sie hinterher ja doch wieder zusammennähen.

Deine

Pattie,

zügellos

von: Tommy
an: Pattie
re:

Hallo Sternchen...

...war das ne schöne Mail von dir, wirklich!
Freue mich so sehr auf morgen, dass ich am
liebsten schon ins Bett gehen möchte, damit es
schneller geht, bis wir uns sehen.
Hey, was heißt hier „wenn man sucht ist nix,
aber wenn... usw?"
 Ich hasse Kerle, die baggern, die dich anbag-
gern. Natürlich mache ich mir Gedanken, aber
es ist auch ein tolles Kompliment, wenn sich
jemand um dich bemüht. Also nimm mich
nicht so ernst. Übrigens würde ich dich nicht
kampflos ziehen lassen. Ich habe dich im Arm
gehabt und das kriege ich nie wieder aus dem
Kopf. Ich würde nur aufgeben, wenn du mir
sagst, dass es keinen Zweck mehr hat.
Leider muss ich an Silvester irgendwann in der
Nacht wieder nach Hause. Doch ich bin über-
zeugt davon, dass wir ein paar ganz tolle Stunden haben werden. Bitte sei nicht sauer, den
nächsten Jahreswechsel werden wir komplett
gemeinsam erleben, das verspreche ich dir!

Schöne Grüße an das Küken, Andrea soll erst
mal trocken hinter den Ohren werden, dann
wird sie feststellen, dass Jungen gar nicht sooo
doof sind. Doch wenn sie mal Liebeskummer
haben sollte, so wirst du sie als nette Mutter
sicherlich ganz lieb trösten.

Jetzt ist Schluss mit dem Blödsinn, viel lieber träume ich von uns beiden. Es fällt mir auf Anhieb so viel Schönes ein und glaube mir, das würde dir gefallen.

Küsse dich ganz zärtlich

Dein

Tommy

Die Radiosendung Yesterday mag ich sehr – doch wer ist schon Roger Handt? Der ist viel zu alt für dich!

Ein freier Donnerstag

Heute hatte ich frei und nutzte die Zeit, um die letzten Weihnachtsgeschenke einzupacken. Plötzlich klingelte es an der Eingangstür. Ein ziemlich verlegener Tommy stand auf der Matte. Ich winkte ihn in mein Zimmer. „Hallo, das ist aber eine Überraschung. Komm doch rein. Waren wir nicht für den Abend verabredet? Egal, es ist schön, dass du jetzt schon hier bist."

Er setzte sich. „Ich muss die Verabredung für den Abend leider absagen. Bitte sei nicht sauer. Ich habe ganz verschwitzt, dass ich noch auf eine Weihnachtsfeier muss."

Ich glaubte meinen Ohren nicht zu trauen. Ich hatte mich so auf den Abend gefreut und er sagte unsere Verabredung ab, um eine Weihnachtsfeier zu besuchen? Zudem würden wir uns über die Feiertage gar nicht sehen, weil Tommy einmal mehr Rücksicht auf seine Kinder und die Familie nehmen wollte.

„Und diese Feier kannst du nicht sausen lassen? Das ist ja klasse", sagte ich ziemlich sauer.

„Bitte, ich habe sowieso schon ein schlechtes Gewissen. Ich verspreche dir, dass im nächsten Jahr alles anders wird." Mit diesen Worten reichte er mir ein kleines Päckchen. „Möchtest du es erst zu Weihnachten auspacken, oder sofort?" Dabei schaute er so zerknirscht, dass mir meine Reaktion schon wieder leidtat.

„Was glaubst du? Natürlich öffne ich das Päckchen jetzt." Vorsichtig packte ich eine kleine goldene Schachtel aus. Drinnen befand sich ein Paar wunderschöner Ohrringe.

„Ich hoffe, sie gefallen dir?", lächelte Tommy verlegen. „Vielleicht entschädigen sie dich für die Absage."

„Aber ja, sie sind wunderschön, danke. Aber noch lieber wäre es mir, wenn wir den Tag und sogar den Abend miteinander verbringen könnten", sagte ich vorsichtig.

Er zuckte die Schultern. „Das geht nun mal nicht, leider. Aber ich habe mir extra für dich den Vormittag frei genommen. Weil du doch heute früh daheim bist." Tommy zog mich in seine Arme und küsste mich. „Du hast mir so gefehlt", murmelte er, fuhr mir mit den Händen unter den Pulli und fummelte am Verschluss meins BH's herum. Ich wandte mich aus seinem Arm. Das ging mir alles entschieden zu schnell. Und überhaupt war ich nicht in Stimmung für derartige Avancen.

Wider zog er mich an sich, so als hätte er meinen Wiederstand gar nicht bemerkt. Wut stieg in mir auf. Erst sagte er unsere Verabredung unter einem fadenscheinigen Grund ab und jetzt das.

„Sag mal, geht es noch. Du schlägst hier auf, sagst unsere Verabredung für den Abend einfach so ab. Du bringst mir ein Weihnachtsgeschenk vorbei, weil du ja über die Feiertage in Familie machst, oder so. Und zu allem Überfluss hast du ein paar Stunden frei, um schnell mal mit mir zu schlafen? Das glaube ich alles nicht. Wie bescheuert bist du eigentlich und was denkst du von mir." Ich war so wütend, wie lange nicht und es war mir ganz egal, ob ich ihm weh tat.

Tommy stand langsam auf. „Wenn du das denkst, dann sollte ich wohl lieber gehen", sagte er ruhig.

Ich öffnete die Zimmertür. „Das solltest du wohl lieber."

„Ja dann", ohne sich noch einmal nach mir umzudrehen verließ Tommy die Wohnung.

Freitag, 21. Dezember

von: Tommy
an: Pattie
Manchmal ist es wirklich nicht geil ein Arschloch zu sein
Liebe Pattie.
Manchmal geht es echt mit mir durch, und ich benehme mich wie ein echtes Arschloch.

Der Montagabend war so schön; harmonisch, zärtlich und ich wäre am Liebsten bei dir geblieben. Mit diesen Bildern im Kopf bin ich gestern zu dir gekommen und dann ist alles schief gelaufen.
Es war so schön neben dir zu sitzen und zuzuschauen, wie du dein Weihnachtsgeschenk auspacktest. Es freut mich sehr, dass dir die Ohrringe gefallen haben. Doch ich wollte nicht mit dir schlafen, weil ich dir etwas geschenkt habe. Das wäre ja schrecklich und ich glaube wir haben uns gründlich missverstanden.
Ich mag es mit dir zusammen zu sein, weil ich dich liebe und weil es schön ist. Und es soll auch für dich schön sein, sonst geht gar nichts. Wenn das nicht so rüber gekommen ist, so verzeih mir.
Bin halt nur ein Mann!   ;-((
Bitte lass uns diese Sache ganz schnell vergessen.
Noch eine Bitte: vergiss nicht, dass ich dir niemals Kummer machen, dich niemals verlet-

zen möchte. Denn ich liebe dich, könnte dir niemals wehtun. Ich möchte, dass dein Leben immer so verläuft, wie du es möchtest.
Ich will dich glücklich machen.
Tommy

von: Pattie
an: Tommy
Lieberlieberlieber Tommy!
Bitte hör sofort auf, dich zu entschuldigen!
Ich bin manchmal ne Hexe, das habe ich dir doch gesagt, und ich neige zu Überreaktionen.
Noch etwas: man schleppt sein halbes Leben mit sich herum; die schönen und die weniger schönen Zeiten. Manchmal kommt man nicht dagegen an, dann gewinnen (kurzfristig) die schlechten Erfahrungen die Überhand. Ich habe mit meinem Exmann jede Menge schlechter Erfahrungen hinter mir.
Jetzt legen wir, mit deiner Erlaubnis, die Ereignisse des Vortages im Ordner „Lebenserfahrungen" ab.
Wir werden uns bestimmt noch richtig doll zoffen, aber glaube mir, wir werden uns auch richtig schön vertragen, aussprechen und dann sollte das Thema vom Tisch sein.
Ich liebe dich so sehr und ich glaube das wird immer schlimmer.

Ich möchte noch ganz viele schöne Momente -
Augenblicke - Minuten - Stunden - Tage... ach
was –
das ganze Leben mit dir verbringen.
Patty

von: Tommy
an: Pattie
...einen habe ich noch
...ich komme auch gern zu dir um:
Kaffee zu trinken,
zu quatschen,
Möbel zu verrücken,
den Kühlschrank zu reparieren,
das Auto zu enteisen,
die Schuhe zu putzen,
den Abwasch zu machen,
dich nur in den Arm zu nehmen,
Musik mit dir zu hören,
dich einfach lieb zu haben...

von: Pattie
an: Tommy
Soifz
ILY

Sonntag, 23. Dezember

von: Tommy
an: Pattie
re:
Meine Kleine,
sie sind so schlimm, diese Abende und Nächte
ohne dich.
Gerade jetzt, wo wir uns nicht so oft sehen. Ich
weiß, wie schwer das für dich ist und es macht
mich ganz fertig, dass du, wie heute, so
furchtbar niedergeschlagen bist. Ich kann dich
immer nur um Geduld bitten und um Verständnis. Ich habe versprochen den Kindern
das Weihnachtsfest nicht zu verderben, daran
möchte ich mich auch halten. Nur deshalb bin
ich hier.
Ich will versuchen dir die trüben Momente zu
nehmen, weil ich's nicht mag, wenn du traurig
bist.
Du kannst meine Schulter jederzeit nutzen,
denn dazu bin ich da.
Bitte glaub' mir.
Bitte warte auf mich!

von: Pattie
an: Tommy
re:
Ach du, so schwierig habe ich mir das alles
nicht vorgestellt. Jetzt ist's ja auch wieder gut.

Ich hatte halt einen heuligen Moment, das solltest du gar nicht mitbekommen. Du hast einfach im falschen Moment angerufen.
Eigentlich kann ich verstehen, dass du zum Fest bei deinen Kindern sein möchtest und musst. Ihnen dieses Weihnachtsfest schenkst. Vielleicht ist es das letzte Mal, dass ihr es gemeinsam feiert.
Trotzdem ist es für mich nicht einfach.
Bitte halte mich fest und lass mich nienienie wieder los.
Ich liebe dich.
Pattie

von: Tommy
an: Pattie
re:
Es war noch nie so schlimm, noch nie so schön! Die Nächte sind so kalt ohne dich.
Bitte hab Geduld!

Montag, 24. Dezember

von: Pattie
an: Tommy
fast glücklich
Hallo mein Herzallerliebster, ich muss dir heute einfach schreiben, obwohl es schon so spät ist. Vielleicht bekomme ich sogar noch eine Antwort, das wäre toll.
Wir haben uns jetzt seit vier Tagen nicht gesehen und ich bin so sehnsüchtig, gerade an einem Tag wie heute.
Trotzdem hatte ich einen schönen Heiligen Abend, total entspannt und ohne Stress. Nur etwas Entscheidendes hat gefehlt; mit dir wäre der Tag perfekt gewesen. Aber ich weiß ja, dass wir irgendwann das Weihnachtsfest miteinander verbringen werden. Vielleicht schon das nächste!?
Du hast mir gesagt, dass du im Januar evtl. einen Skiurlaub mit deinen Söhnen planst? Habe noch nie auf Skiern gestanden, würde das aber gerne mal ausprobieren.
Ist nur so eine Idee.
Bis bald
Pattie

von: Tommy
an: Pattie
leider
Hi Pattie,
ich freue mich, dass du einen schönen Heiligen Abend verbracht hast. Meiner war so la-la, wie immer. Mit bissigen Bemerkungen meiner Frau und auch von mir. Jedenfalls nicht so, wie ich mir den Abend gewünscht hätte. Viel lieber hätte ich dich im Arm gehabt und mit einem guten Glass Wein mit deinen Lieben angestoßen. So wäre es ein schöner Abend geworden. Doch ein bisschen Vernunft habe ich noch. Ich muss noch einiges regeln. Ich weiß, dass ich deine Geduld strapaziere, aber es geht nicht anders. Es tut mir leid, dass ich so negativ klinge, aber es ist schwer für mich, alles hinter mir zu lassen. Ich werde versuchen am 2. Weihnachtstag zu dir zu kommen. Doch bitte sei nicht sauer, wenn das nicht klappt. Es liegen einige Verwandtenbesuche an, doch vielleicht geht dieser Kelch an mir vorüber.

Jetzt mache ich mich schon wieder unbeliebt, doch was die geplante Urlaubsreise anbelangt, denke ich, dass es besser ist, wenn ich mit den Jungen allein fahre. Ich möchte sie in dieser Zeit behutsam auf die Situation vorbereiten. Sicher wird das ein Schock für sie sein und deshalb ist es besser, wenn du nicht dabei bist. Ich küsse dich!
Tommy

Sonntag, 30. Dezember

von: Pattie
an: Tommy
Türkei
Hallo Tommy!
Schade, dass du weder am zweiten Weihnachtstag, noch danach Zeit für mich hattest,
immerhin haben wir uns jetzt 10 Tage nicht
gesehen!
Aber das ist in Ordnung, sicher warst du in der
,Familienschleife', wie du das immer so nett
ausdrückst.
Wir sehen uns hoffentlich morgen und ich
freue mich sehr auf die erste Silvesterfeier mit
dir. Ich werde die wenigen Stunden genießen,
denn du willst in der Silvesternacht wieder
nach Hause, nicht wahr. Wenn es denn sein
muss ... Auch hier musst du wissen, was du
tust.
Schade, dass du mich nicht mit zum Skifahren
nehmen möchtest. Ich wäre gern mit dir zusammen in Urlaub gefahren und vielleicht wäre das eine Möglichkeit gewesen, deinen Söhnen gemeinsam einiges zu erklären. Ich
verstehe zwar nicht genau, warum das mit deinen Söhnen so schwierig ist, werde dich aber
zu nichts drängen. Wenn du meinst, du möchtest mit deinen Kindern allein wegfahren, so
werde ich das so hinnehmen.
Was meine Töchter anbetrifft, so haben sie
dich ja bereits vor einiger Zeit kennengelernt,

wissen, wie es um mich (um uns) steht, und akzeptieren dich vollkommen. Nicht nur das, sie mögen dich. Bilde dir jetzt bloß nix ein, es ist sicher nur deshalb so, weil du ihnen ständig irgendwelche CDs brennst. Sogar der Dackel steht auf dich, was kein Wunder ist. Wenn du ihm weiterhin mit Schokolade fütterst, wird er bestimmt bald platzen!

Mal ganz nebenbei:
Ich habe gerade eine Reise gebucht und werde eine Woche in die Türkei fliegen. Es ist eine Rundreise mit allen möglichen Besichtigungen. Mitte Januar soll es losgehen. In dieser Zeit wolltest du ja auch mit den Jungen weg. Leider hat so kurzfristig keine von meinen Freundinnen Zeit, doch ich habe überhaupt kein Problem damit, allein zu fliegen. Eigentlich bekomme ich immer schnell Anschluss. Wenn du es dir allerdings überlegst, so könnten wir evtl. noch eine Buchung für dich hinkriegen.
Du müsstest allerdings ganz schnell antworten.
Gruß
Pattie

von: Tommy
an: Pattie
sorry
Hallo meine Patricia,
es tut mir wirklich leid, doch ich kann einfach nicht mit dir in Urlaub fliegen, so gerne ich das möchte. Es ist auch gar nicht sicher, ob ich ein paar Tage mit den Jungen wegkomme, das war nur so eine Idee. Da hast du etwas gründlich falsch verstanden.

Hey, wenn du öfter in Urlaub fährst, kannst du dann ein paar Tage für mich erübrigen? Ich werde mich mal um eine Reise zur Jahresmitte hin kümmern und sage dir rechtzeitig Bescheid.

Bitte sei nicht so ungeduldig, ich weiß doch noch gar nicht, wie alles weiter geht, mit meiner Mutter, dem Haus und allem Anderen. Ich hänge im Moment ziemlich in der Luft.

Ich freue mich tierisch auf unsere erste Silvesterfeier. Hoffentlich passt alles, denn ich kenne deine Freunde leider noch nicht. Das ist für mich ein Sprung ins kalte Wasser. Du musst wissen, dass ich nicht unbedingt der Alleinunterhalter bin – bin manchmal halt etwas schüchtern (sagte ich das nicht ;-)).

Ich sehne mich so sehr nach dir und hab' dich lieb!
Tommy

Silvesterknaller

„Ich habe dir doch gesagt, dass es eine tolle Fete wird und dass meine Freundinnen total in Ordnung sind", flüsterte ich Tommy ins Ohr. Er nickte. „Das hast du und du hast völlig Recht. Ihr seid eine nette Truppe."
Die Party war in vollem Gang und wir amüsierten uns richtig gut. Tommy schien sich wirklich wohl zu fühlen, zumal ihn meine Freundin mit offenen Armen empfangen hatte. „Du bist also Thomas", begrüßte sie ihn. „Es wird Zeit, dass wir uns einmal kennenlernen. Herzlich willkommen und fühl dich wie zu Hause."
„Das fehlt gerade noch, ich will mich doch wohlfühlen", hatte Tommy in seinen Bart gemurmelt.
Meine Freundin, die mein amüsiertes Grinsen bemerkt hatte, hakte sich bei uns unter. „Den Witz kannst du ruhig laut erzählen. Los, ich stelle dir jetzt mal die anderen Gäste vor, damit du weißt, worauf du dich hier eingelassen hast."
Wie es sich herausstellte, passte Tommy richtig gut zu meinen Bekannten. Er wurde schnell warm und witzelte bald mit den Anderen herum.
Um Mitternacht nahm er mich zärtlich in den Arm. „Auf uns, das nächste Jahr wird anders, das verspreche ich dir." Das wollte ich ihm nur zu gern glauben, ich stieß mit ihm an. „Auf

uns. Los, jetzt müssen wir unsere Rakete zünden."

Leider drängte Tommy bald zum Aufbruch und ließ sich nicht von mir umstimmen. Er wollte unbedingt zurück nach Münster fahren. „Ich habe ein ungutes Gefühl, was meine Mutter anbetrifft", erklärte er mir auf dem Weg zu meiner Wohnung. „Sie ist in letzter Zeit ziemlich durch den Wind. Es ist besser, wenn ich an einem Tag wie heute noch einmal nach ihr schaue, denn ich weiß nicht, wie meine Noch-Frau drauf ist. Wahrscheinlich lässt sie ihren Frust über meine Abwesenheit an meiner Mutter aus."

Einerseits konnte ich ihn verstehen, andererseits war ich einfach nur enttäuscht, denn ich hatte gehofft, dass wir den Rest der Nacht miteinander verbringen würden.

„Weißt du, Tommy", brach es aus mir heraus, „auf jeden gottverdammten Menschen auf diesem Planeten nimmst du Rücksicht, bloß nicht auf mich. Ich habe die Nase voll davon, immer wieder Ausreden zu hören."

Er lenkt das Auto an den Straßenrand und schaute mich einen Augenblick lang schweigend an. „Wie kannst du das sagen. Ich komme mir im Moment vor wie auf einem Drahtseil. Ja, ich nehme auf jeden Menschen Rücksicht und auf dich ganz besonders und das weißt du auch. Nachts liege ich in dem verflixten breiten Ehebett und wälze mich hin und her weil du mir so verdammt fehlst. Ich suche verzweifelt nach einer Lösung für uns und für meine Mutter. Von den Kindern mal ganz abgesehen."

Nach dieser Offenbarung musste ich erst einmal schlucken. Das durfte jetzt aber nicht wahr sein! Tommy hatte mir mehr als einmal hoch und heilig versichert, dass er nicht mehr mit seiner Frau zusammen schlief. So war ich davon ausgegangen, dass es getrennte Schlafzimmer gab. Nun erzählte er mir etwas von einem breiten Ehebett? „Und deine Frau? Schläft sie im Gästezimmer?", fragte ich mühsam beherrscht.

Tommy stutze einen Moment. „Was soll das denn", antwortete er aufgebracht. „Ich versuche dir meine Lage zu erklären und du machst dir Sorgen darüber, wo die Dame schläft. Wir haben kein Gästezimmer und die zwei Jugendzimmer sind ja belegt. Sie schläft auf der Wohnzimmercouch und das schon seit Jahren."

„Und in der Nacht, wenn es ihr unbequem wird, dann krabbelt sie zu dir in das breite, angewärmte Ehebett, was?"

Eigentlich wusste ich, dass ich unfair war, doch das war mir in diesem Augenblick total egal und so ließ ich meinem ganzen Frust der letzten Wochen freien lauf. „Ständig speist du mich hier ab, erzählst mir was von kranken Müttern und sensiblen Kindern, die mich nicht sehen dürfen! Was ist das alles für ein Scheiß! Ich kann es nicht mehr hören. Wahrscheinlich schreibst du mir SMS, während du und deine Tussi nebeneinander im Bett liegen. Dann habt ihr ja wenigstens was zu lachen." Ich schlug mir, zugegeben etwas theatralisch, vor die Stirn. „Was bin ich doch blöd, echt."

„Ich kann mir vorstellen, dass das alles ein bisschen komisch für dich klingt", bemühte sich Tommy um Sachlichkeit. „Aber du musst mir glauben, da ist schon lange nichts mehr zwischen ihr und mir. Was denkst du denn von mir? Es gibt keine Bettgeschichten mehr, wir schlafen nicht einmal nebeneinander."

Irgendwie hatte ich mich so in Rage gebracht, dass ich gar nicht mehr zuhören konnte. Ich heulte Rotz und Wasser, verschmierte mein mit Liebe und Mühe aufgetragenes Makeup und fühlte mich einfach furchtbar.

„Ich will sofort nach Hause", schluchzte ich. „Und ich will nichts mehr über Bettgeschichten hören und deine blöde Frau. Und auch nichts über deine Mutter und deine Kinder." Tommy versuchte mich zu umarmen, was ihm nicht gelang, denn ich schob ihn weg. „Lass das, sonst verschmiere ich dir die Klamotten noch mit Schminke. Wie willst du das erklären?", schluchzte ich in meinem Weltschmerz. „Jetzt guck nicht so blöd, fahr schon los!"

Dienstag, 1. Januar

von: Pattie
an: Tommy
...noch immer nicht genug
Ach Tommy, jetzt haben wir fast den ganzen
Tag miteinander telefoniert und ich kann gar
nicht genug von dir kriegen.
Der Silvesterabend war einfach schön, nicht
wahr. Wenn man mal von dem Ende des
Abends absieht ;-(.
Es tut mir wirklich leid, dass ich so ausgeflippt
bin. Deine sicher harmlos gemeinte Bemer-
kung, dass du im Ehebett schläfst hat mich so
wütend gemacht. Du kannst tausendmal erzählen es würde nix laufen. Es ist einfach schwer
zu glauben.
Sei jetzt bitte ehrlich; was würdest du an meiner Stelle denken? Schließlich bist du eifersüchtig genug! Das Missverständnis den Urlaub betreffend hat ein Übriges getan und, dass
du nicht über Nacht geblieben bist. So kam
einfach eins zum anderen.
Ich bin oft zu impulsiv und sage Dinge, die
nicht durchs Gehirn gehen, sondern einfach
aus mir herausplatzen. Das war nicht richtig,
ich habe dich sehr verletzt.
Aber darüber haben wir uns ja ausführlich am
Telefon unterhalten. Ich hoffe wir sind klar
miteinander und kommen nie wieder in eine
solche Situation.

Früher oder später werden wir die tollsten Reisen miteinander machen, das weiß ich ganz genau. Reisen - ach was: wir werden überhaupt nur wunderschöne Sachen miteinander machen.

Gestern ist es mir vorgekommen, als ob wir ganz allein im Universum wären (jedenfalls vor dem dummen Streit). Nur du und ich - nichts anderes ist wichtig gewesen.

Zuweilen könnte ich das Leben in mich einsaugen, ganz intensiv er-leben. Möchte die volle Dröhnung haben: lieben und leiden; Freude und Kummer, Tag und Nacht eben! Ich möchte tanzen vor Freude, springen und hüpfen. Wenn ich richtig glücklich bin, dann ist alles um mich herum in Knallfarben angemalt. Jeder Mensch lächelt mich an, ist nett und freundlich. Die Welt ist himmelblau leicht und bonbonrosa schön. Doch wenn ich traurig bin, dann komme ich mir vor wie in einem grauen Vakuum. Dann könnt' heulen ohne Ende, denn meine Welt steht kurz vor dem Untergang. Bin ich extrem? Pah - na und? Wer weiß schon, wie viel Zeit bleibt? Warum soll ich nicht süchtig danach sein zu leben. Was habe ich davon zu arbeiten/ essen/ fernsehen/ schlafen/ sterben.

Ne, so wird das bestimmt nicht mit uns. Vielleicht ist es manchmal etwas schwierig (bin ich schwierig? Niemals!), aber wir werden immer einen Kompromiss finden. Du kannst

sicher sein: langweilig wird es beim er-leben
unserer Story ganz bestimmt nicht.
Ich küsse dich
Pattie
Übrigens - du passt richtig gut in die Clique,
meine Freundinnen sind total begeistert von
dir. Darauf kannst du dir was einbilden.

von: Tommy
an: Pattie
...hallo mein Schatz
Hey Pattie,
wünschte mir, dass alle Probleme sich ganz
schnell in Luft auflösen und wir endlich Zeit
füreinander haben, Zeit um miteinander zu
leben. Glücklich zu sein, zu verreisen, zu lieben, manchmal zu streiten, doch immer den
Respekt voreinander zu bewahren, uns wieder
zu vertragen und uns danach einfach in den
Arm zu nehmen. Doch habe ich in manchen
Dingen nicht so viel Mut wie du. Ich brauche
meine Zeit, aber ich verstehe, dass es schwer
ist, immer Geduld zu haben. Ich will endlich
aufhören immer nur negativ zu klingen. Ab
sofort!
Ich habe noch nie jemanden so lieb gehabt wie
dich. Noch nie war es so schrecklich, die Partnerin über mehrere Tage nicht zu sehen.

Aber eigentlich wollte ich dir schreiben, dass ich Karten für das BAP-Konzert im März in Dortmund besorgt habe. Ist das okay?
Fragt dein doofer Tommy

von: Pattie
an: Tommy
re:
Ach du Doofer!
Deine Nachricht macht mich noch sehnsüchtiger, als ich es sowieso schon bin. Ich bin so froh, dass wir uns gefunden haben!
Klar ist BAP in Ordnung, ich freue mich total darauf!

von: Tommy
an: Pattie
die letzte Nacht
Noch ne letzte Mail für heute:
Ich bin gerade dabei, einen Kellerraum so herzurichten, dass ich darin vernünftig schlafen kann. Obwohl meine NochFrau, wie du ja weißt, die meiste Zeit im Wohnzimmer schläft, möchte ich eine eindeutige Trennung herbeiführen.
Ich werde heute Nacht zum letzten Mal im Ehebett schlafen, das kann ich dir versichern!
Schlaf gut
DEIN
Tommy

Samstag, 5. Januar

von: Tommy
an: Pattie
Hallo Patricia...
...meine Rose!
Ab sofort werde nie wieder Rechenschaft über
mein Kommen und Gehen hier im Haus able-
gen. Ich habe es schon so oft gesagt: so etwas
wie mit dir ist mir noch nie passiert, hab' immer nur davon geträumt. Bin so voller Liebe
für dich. Wir brauchen unbedingt mehr Zeit
für uns, denn ich muss und will dir noch so
viel sagen, erklären, so schwer mir das fällt.

Noch etwas: sei mir nicht böse, aber jedes
Mal, wenn du allein ausgehst, tut mir das Herz
weh. Auf der anderen Seite kann und will ich
dich nicht einsperren. Es tut eben weh wenn
du, wie es jetzt passiert ist, sagst: 'Ich gehe am
Wochenende aus, habe das schon lange versprochen ...'
und ich höre dann: ,Das ist nur ein Bekannter,
nichts weiter', dann fühle ich mich unsicher
und hilflos. Bin ich jetzt unfair? Aber wenn
man liebt, so will man niemanden neben sich
dulden!
Ach Scheiße, jetzt mache ich alles wieder
kompliziert und das Leben mies. Ich denke oft
du willst mich irgendwann nicht mehr, weil
alles so langwierig ist.

Falls es doch länger dauert, ehe ich eine neue Bleibe für meine Mutter gefunden habe, so werde ich mir eine kleine Wohnung hier im Ort nehmen und mich weiter um sie kümmern. Sie schafft vieles nicht mehr allein, aber sie hat sehr viel Verständnis für uns.

Doch in erster Linie möchte ich meine Zeit mit dir verbringen. Ich will dich, möchte mit dir glücklich sein, lachen und weinen. Durch den Regen laufen und den Sonnenschein genießen, möchte mit deinen und meinen Kindern schöne Stunden haben und wieder lernen ganz intensiv zu leben. Pattie - du bedeutest mir so viel, ich möchte für den Rest meines Lebens mit dir zusammen sein.

Mein Schatz, ich habe dich so lieb!

Denk' an deinen Tommy heut' Nacht!

von: Pattie

an: Tommy

re:

Mein Herz!

Ich will dich so sehr, und das für immer. Mir ist völlig egal, wie lange es noch dauert, denn du hast jetzt alles mit ihr geklärt, das ist das einzig Wichtige. Ich muss, genau wie du, wissen, dass ich nicht nur benutzt und nach Gebrauch weggelegt, abgelegt, vergessen werde. Doch das haben wir hinter uns, denn dass wir es ehrlich miteinander meinen, daran besteht kein Zweifel.

Vielleicht hast du Recht, wir brauchen mehr Zeit miteinander. Ich kann dich ganz oft nicht einschätzen und dir geht das bestimmt genau so. Ich kann es nicht oft genug sagen: Fast alle Probleme, die wir bis jetzt miteinander hatten, sind durch äußere Umstände entstanden und letztendlich haben wir sie super gut bewältigt, finde ich.

Du hast vor einiger Zeit etwas ganz Tolles geschrieben: ‚Wir streiten miteinander ohne den Respekt voreinander zu verlieren!' Allein für diesen Satz muss ich dich lieb haben.

Es tut mir leid, wenn ich dir wehgetan habe. Bin manchmal ein rechter Betonkopf und zuweilen kein Schnellmerker. Es ist aber wirklich nur ein Bekannter, mit dem ich aus war, ganz ehrlich. Ich habe ihm schon so lange versprochen, einmal zusammen mit ihm wegzugehen. Er ist hoffnungslos verliebt in eine Freundin, die nichts von ihm wissen will. Die Geschichte dieser Tragödie erzähle ich dir gelegentlich mal, ist ne längere Story. Jetzt bin ich ein bisschen hilflos und weiß nicht, wie ich mich verhalten soll. Ich möchte ehrlich zu dir sein und nichts verheimlichen.

Ich liebe dich und du bist der einzige Mann für mich. Wenn ich mit jemand anderem ausgehe, so werde ich mich immer so verhalten, dass ich am nächsten Morgen in den Spiegel schauen kann, das musst du mir glauben. Allerdings muss ich zugeben, dass ich unheimlich gern flirte... aber da ist doch nix dabei! ;-) Treue ist die Grundvoraussetzung jeder Beziehung. Ich kann so ziemlich alles ertragen, doch wenn ich wüsste, dass du mich betrügst, so wäre das wohl das Ende unserer Liebe. Für mich gilt: Sex und Lust ist wunderschön, aber es gehört Liebe dazu und ich liebe nur einen Mann. Ist das so in Ordnung für dich? Es ist wichtig, offen über solche Sachen zu reden. Ich will nicht, dass noch einmal etwas falsch rüber kommt.

Ach, mein Herz, jetzt fällt mir eigentlich nur noch ein, wie schön es immer mit uns ist.

Thomas und Patricia,

Pattie und Tommy

du kannst es drehen und wenden, wie du möchtest, es passt zusammen.

Ich liebe dich, heute, morgen, übermorgen und an jedem weiteren Tag meines Lebens.

Ich wache auf und denk' an dich,

ich schlafe ein und träume von dir.

Auch an einem ganzen langen Tag ohne dich bist du eigentlich immer bei mir.

Manchmal mache ich die Augen zu,

kann dich spüren und für einen ganz kleinen Moment bleibt die Welt um mich einfach stehen.

Ich denke immer an dich, nicht nur heute Nacht!

Deine

Pattie

Komm doch Sonntag zum Frühstück vorbei, dann siehst du, dass ich allein schlafe...

Sonntag, 6. Januar

von: Pattie
an: Tommy
nein also
Hör mal du, so geht das aber wirklich nicht mit
uns weiter. Du bist gerade mal ne Stunde weg
und ich schreibe dir schon wieder. Sag einmal,
wie machst du das bloß?
Mein Gott war das heute schön. Ich habe mich
so gefreut, dass du wirklich zum Frühstück
gekommen bist. Ich hatte nicht damit gerechnet. Ich habe mich so wohl in deinem Arm
gefühlt, das war unglaublich und schön, doch
es kommt noch etwas hinzu: die Gewissheit,
dass hier jemand ist, dem ich alles erzählen
kann, vor dem ich mich nicht verstellen muss.
Jemand, der mir rückhaltlos vertraut und mir
auch seine Schattenseiten zeigt. Ein Partner,
bei dem ich so sein kann, wie ich bin. Dem ich
von meinen Siegen genau so erzähle wie von
den Niederlagen, dem ich unbesorgt meine
Narben zeigen kann und die Stellen auf der
Seele, die noch nicht geheilt sind. Jemand, bei
dem ich mich nicht lächerlich mache, der zwar
über mich lächelt, sich über meine Macken
amüsiert, doch sich niemals über mich lustig
machen würde.
Lieber Tommy, ich glaube ich kann jetzt manches viel besser verstehen. Es ist schön, dass
du mir einiges über deine Lebensumstände
erzählt hast. Dass es dir wirklich nicht leicht

gefallen ist, habe ich nur zu deutlich gemerkt. Natürlich bist du für deine Mutter verantwortlich und selbstverständlich kannst du sie nicht irgendwo parken oder, noch schlimmer, in Stich lassen. Das würde ich niemals wollen, niemals eine Beziehung auf Kosten anderer aufbauen können. Im Übrigen bist das eben du. Auch deshalb liebe ich dich.

Nur: irgendwann wirst du, wie sagt man so schön, einen reinen Tisch machen müssen. Du wirst mich nicht ewig verstecken können und wollen. Irgendwann wirst du offiziell zu unserer Geschichte, Verbindung, Beziehung, unserem Verhältnis stehen müssen, denn du magst keine Grauzonen, sagst du. Dann wird deine Mutter zwangsläufig davon erfahren und ich glaube, wenn sie sieht, dass du glücklich bist, dass es dir besser geht als in der Ehe, dann kann sie nichts gegen unsere Verbindung haben. Vielleicht grummelt sie ein wenig, das machen Mütter halt. Doch sie wird einsehen, dass ich dir gut tue. Ich glaube du machst dir ganz unnütze Sorgen um Sachen, die sich fügen werden. Aber so bist du eben und auch hier ergänzen wir uns, denn ich mache erst mal und denke dann über die Folgen nach.

...

Jetzt bist du schon so lange unterwegs. Hoffentlich bist du gut zurückgekommen.

Habe gerade eine total süße Mail von meinem Bruder bekommen. Er ist unverheiratet und ein großer Zyniker. Deshalb habe ich bisher nicht

von dir erzählt. Doch irgendwie ist es mit mir durchgegangen. Ich habe ihm geschrieben, dass ich doch so sehr verliebt bin, und stell dir bloß vor, er hat mir ganz lieb geantwortet. Schrieb, ich solle das bloß genießen und er wäre auch gerne mal so verliebt. Bestimmt wird der Bursche langsam alt.
...
Ach her je, jetzt spielt's im Radio „The Winner takes it all", wie passend. Dieses Mal sind wir die Gewinner, denn wir haben ja uns.
Ich lebe dich so sehr...
...eigentlich war das jetzt ein Schreibfehler, doch ich lasse ihn so stehen, denn es ist doch eher eine freudsche Fehlleistung!

von: Tommy
an: Pattie
Hi
Hallo meine Kleine!
Jetzt ist es doch passiert. Ich wollte dir das alles gar nicht erzählen, jedenfalls jetzt noch nicht. Nun weißt du, dass ich jahrelang bemüht war, Frieden zu halten, in erster Linie wegen der Kinder. Doch vielleicht bin ich schlicht und einfach den Weg des geringsten Widerstandes gegangen. Ja, ich habe so vieles toleriert, weil ich nicht wahrhaben wollte, dass schon lange alles vorbei ist. Auch weil es bequem und einfach war.

Doch ich habe es so satt. Ich will leben und lieben, möchte wiedergeliebt werden. Ich möchte mit jemandem leben der mich mag so wie ich bin. Mit jemandem streiten der auch mal seine Fehler einsieht. Mit jemandem lachen der sich mit mir freut und mit jemandem traurig sein der meine Trauer teilt. Deshalb bin ich so froh, dass ich dich gefunden habe. Mensch - das kann ja bloß Schicksal sein.

Ich habe meiner Mutter vorhin gesagt, dass ich mir eine kleine Wohnung hier im Ort suchen werde, damit ich mich weiter um sie kümmern kann.

Anschließend habe ich mit meinen Jungen ein langes Gespräch geführt. Felix, der Jüngere akzeptiert die Sache überraschenderweise eher als sein Bruder, obwohl Daniel plant, auszuziehen und sich mit seiner Freundin zusammentun will. Doch beide scheinen mich zu verstehen und das ist wichtig für mich.

Ich werde also versuchen, eine kleine Wohnung anzumieten. Vielleicht haben wir am nächsten Wochenende Zeit uns darüber ausführlich zu unterhalten. Ich sage ausdrücklich am Wochenende, weil du Recht hast. Entweder - oder! Am Samstag möchte ich mit dir zusammenbleiben, nicht auf die Uhr schauen und sagen: noch zwei Stunden, dann muss ich aber los. Ne, ich möchte bei dir übernachten und wenn ich meine Hände unter Kontrolle bekomme, neben dir einschlafen, am Sonntag mit dir aufwachen.

Pattie hilf mir, wieder zu mir zu finden und ich werde immer für dich da sein, dich achten und lieben. Mit dir Pferde stehlen und Motorrad fahren, eifersüchtig sein, doch dich niemals erdrücken (ich versuch's jedenfalls), dich festhalten, denn du bist mein Leben geworden.

Bitte fang mich auf

von: Pattie

an: Tommy

re:

Lieber Tommy,

ich danke ich dir für dein Vertrauen. Ich habe gemerkt, wie schwer dir vorhin das Reden gefallen ist. Du bist gut aufgehoben bei mir, denn ich weiß nur zu gut, wie verletzlich man manchmal ist.

Schatz, mir ist es doch nicht anders ergangen. Ich habe, wenn mein Exmann die Wohnung betrat, erstmal sondiert: Wie ist er drauf, kann ich ihm die Kinder heute zumuten oder sie lieber in ihre Zimmer schicken (seid leise, der Papa hatte Stress...). Genau so: immer Frieden halten, lieber nix sagen. Das war nicht richtig, doch ich habe es geschehen lassen. Vielleicht mussten wir das erleben, um zu schätzen, welch großes Geschenk wir jetzt bekommen haben.

Jedenfalls kann ich dich gut verstehen. Du brauchst bei mir wirklich nicht den starken Mann herauszukehren. Den hatte ich, fand und finde ihn zum Kotzen. Mir ist jemand viel lieber der seine Gefühle zeigt, den ich auffange, der mich hält.

Wir werden einfach alles gemeinsam entscheiden, und wenn einer von uns sagt ‚entscheide du', dann meinst er das auch so. Nicht weil er seine Ruhe haben will und Frieden, sondern weil es für ihn okay ist.

Siehst du, viele Sachen regeln sich von selbst, wenn man erst einmal eine Entscheidung getroffen hat. Das Umfeld findet sich erstaunlich schnell mit der veränderten Situation ab. Doch darüber reden wir lieber, wenn wir uns sehen.

Ach, mein Herz, es würde mich sehr freuen, wenn du am Samstag richtig viel Zeit für mich hättest. Du weißt, was das für mich bedeutet.
Deine
Pattie
im Glück

Montag, 7. Januar

von: Tommy
an: Pattie
...was ich dir gern sagen möchte

Groovy Kind Of Love
When I'm feelin' blue,
all I have to do
is take a look at you.
Then I'm not so blue.
When you're close to me
I can feel you heart beat
I can hear you breathing in my ear.
Wouldn't you agree,
baby, you and me got a groovy kind of love.

..das sagt Phil Collins und ich schließe mich
ihm an!

von: Pattie
an: Tommy
Glück
Hallo mein Schatz!
Mensch haben wir ein Glück, dass jemand den
Computer erfunden hat. Was sollten wir bloß
ohne die olle Klapperkiste anfangen (jedenfalls meiner ist eine Klapperkiste). Vielleicht
sollte ich meinen PC heiraten - och nö, der ist
zu oft bockig und will nicht so wie ich...

Der Text ist so schön. Irgendwo habe ich das Album dazu, muss nachher mal schauen.

Wenn ich's gefunden habe, werde ich mir den Song tausend Mal hintereinander anhören und ganz doll an dich denken.

Ach du, es ist so schön, dass aus DIR + MIR ein UNS geworden ist.

Bist ganz fest verankert in meinem Herzen und da bleibst du auch, ganz egal was passiert. So schlimm kann's gar nicht kommen, dass ich nicht zu dir stehe.

Sagt und meint
Pattie

von: Tommy
an: Pattie
re:
Hallo meine Rose.

Was ist los? Habe bereits seit mindestens sieben Stunden keinen Kuss mehr von dir bekommen. Laufe praktisch auf dem Zahnfleisch. Werde mich hinter den nächsten Zug werfen, wenn das nicht abgestellt wird. Ehrlich.

Ich bemühe mich weiter um eine Wohnung, doch bisher war noch nichts Passendes dabei. Die ganze Sache ist schwieriger als ich dachte. Vielleicht werde ich im Nachbarort fündig, mal sehen. Habe vorhin nach Möbeln geschaut, mein Lieber, da kommt noch einiges auf mich zu. Hätte nicht geglaubt, dass alles so teuer ist.

Pattie, ich würde dich jetzt gern spüren, ganz nah bei mir. Ich glaube wirklich, es wird nicht klappen nicht zusammen zu sein, wenn der dritte „Herr der Ringe" Film in die Kinos kommt.

Erinnerst du dich („Erinnerst du dich" - das kann ich schon sagen, toll) der erste Teil, unser erster gemeinsamer Kinobesuch.

Meinst du wir schaffen das? ohne zu schei-tern? ohne verrückt zu werden? verrückt nach dem anderen? verrückt nach seiner Nähe? nach seiner Wärme?

Doch vielleicht bist du nach kurzer Zeit froh, wenn ich dich nicht bedränge, nicht ständig mit meinen Händen auf die Suche gehen, dich nicht ständig ins Bett zerre. Vielleicht wird es dir auch schnell langweilig und unbequem? Ach Thomas, hör' endlich auf mit dem Scheiß! Hör einfach auf dein Herz.

Wenn du nichts dagegen hast, dann möchte ich am Mittwoch gerne bei dir frühstücken oder hast du schon anderen Besuch? ;-)

von: Pattie
an: Tommy
kusskusskusskusskuss
Hallo Junkie,

sende dir erst einmal eine Ladung Beruhigungsküsse, hoffe sie wirken.

Habe ich Mittwoch früh keinen Besuch...da muss ich erst einmal in meinen Terminkalender gucken....***hmmm. Ach Quatsch, du weißt ganz genau, dass ich immer Zeit für dich habe. Wie kriegst du das bloß immer arbeitstechnisch hin? Bist du vielleicht so'n Jobsuchender? Das wäre prima, denn ich stelle dich sofort als Personal Trainer ein. Das wird dann ein Vollzeitjob sein und dich voll und ganz fordern.

Frühstück passt mir sowieso gut, weil ich an den nächsten Vormittagen Zeit habe. Das bedeutet allerdings auch, dass ich bis in den späten Abend arbeiten werde. Die Inventuren in unseren Läden stehen ja wieder an und ich bin für den reibungslosen Ablauf verantwortlich. Das kann schon mal länger dauern, sodass wir uns am Abend wohl nicht sehen können.

...jetzt schicke ich diese Nachricht erst mal ab, wegen deines Kussdefizits...

...Fortsetzung folgt gleich...

von: Tommy
an: Pattie
Ehj
Das ging gerade noch mal gut. War schon auf Reserve.
....wo bleibt die Fortsetzung???

von: Pattie
an: Tommy
Fortsetzung
Sag mal, willst du dich komplett neu einrichten? Das wird allerdings teuer. Ich kann das
verstehen, habe bei meiner Trennung auch
alles hinter mir gelassen, wollte keinen unnö-
tigen Erinnerungsballast.
Nein, ich glaube auch nicht, dass es bis zum 3.
‚Herr der Ringe‘ Film gut geht mit der räumli-
chen Trennung und ich bin froh das du es auch
so siehst. Habe ständig eine solche Sehnsucht
nach dir. Nach deiner Nähe, danach dich zu
fühlen, doch das ist es nicht nur.
Ich habe auch ein großes Bedürfnis dir alles
Mögliche zu erzählen (und das Unmögliche
auch), dir zuzuhören, wenn du erzählst; immer
die Worte abwägend und überlegend, wie es
deine Art ist. Zu wissen, wie dein Tag war und
dir meinen Tag zu erzählen. Du gehörst inzwischen zu meinem Leben.
So, so, du solltest irgendwann langweilig werden? So ein Blödsinn, ich kriege doch gar
nicht genug von dir und glaube mir auch in
zwanzig Jahren wird‘s nicht anders sein. Die
Spannung zwischen uns ist da.
Noch etwas: was soll jetzt unbequem sein?
Das verstehe ich nicht.

von: Tommy
an: Pattie
die dunkle Seite
Das sagst du so, aber denke an meine dunkle
Seite. Wenn ich dich erst gefangen habe, du in
der Falle sitzt, dann sollst du mich kennenlernen: Ich werde dich einsperren, in dunkle
Räume und du wirst mir zu Willen sein. Ich
werde dich vor den anderen Männern verstecken, werde dich in der Küche mit Spülen,
Kochen, Waschen quälen. Werde nicht mehr
von dir lassen, dich wundlieben, die Kinder
aus dem Haus jagen...
...und mit dir küssen lachen, leben, wieder
erkennen, wie schön der Sonnenschein ist. Mit
dir den Mond über Loch Ness untergehen sehen; du in meinen Armen, im Regen in Schott-
land. Doch das werden wir nicht spüren, weil
wir ja uns haben. Ich werde dich überrollen
und nicht mehr loslassen. Ich weiß, wovon ich
schreibe, denn ich bin keine 17 mehr.
Patricia, du hast verloren, denn du bist mein!

von: Pattie
an: Tommy
ah - ja
Mein Bester,
du kennst MEINE dunklen Seiten nicht. Vielleicht lasse ich mich ganz gerne einfangen,
manchmal auch einsperren, und anschließend
wundlieben. Du wirst mich nicht vor anderen

Männern verstecken können, aber ich werde sie vielleicht gar nicht mehr wahrnehmen. Die Kinder jagen wir gemeinsam aus dem Haus, sie nerven sowieso.

Doch ist es wahrscheinlicher, dass du in der Küche landest und wundgeliebt wirst.

Ich nehme den Handschuh auf, mit allen Konsequenzen.

Wann sollen wir zusammenziehen? Auf jeden Fall noch vor dem dritten ‚Herr der Ringe' Film!

Halten wir das bis dahin aus? Seufz - ist nicht wahrscheinlich.

Sagt

Pattie Ungeduld

PS: Keine Panik - ist nicht ganz ernst gemeint (bloß ein ganz kleines bisschen)

von: Tommy
an: Pattie
was ich noch sagen muss
Ich freue mich erst einmal auf den Mittwoch, auf das Frühstück und alles Andere.
Ich liebe dich, mein Engel.

Mittwoch. 9. Januar

von: Tommy
an: Pattie
re:
Hallo mein Schatz!
Hab' mich vorhin mit meiner holden NochGattin gefetzt, eigentlich ist alles klar, doch sie ist in der Lage aus allem ein Drama zu machen. Ich langweile dich nicht mit Einzelheiten, letztendlich ist es nicht wichtig, ist sie nicht wichtig.
Ach Pattie, ich freue mich so auf das nächste Wochenende. Was wollen wir anstellen? Ich lasse mich überraschen, für das Abendprogramm bist du zuständig. Am Sonntagmorgen werden wir zusammen aufwachen, ich werde dich streicheln, bis du eine Gänsehaut nach der anderen bekommst und dann...
Weißt du eigentlich, wie sexy du heute Morgen warst, als du völlig verwuschelt in der Tür gestanden bist? Mein Gott, warst du süß und sexy, sodass ich die Brötchen und das Frühstücken total vergessen habe.
Schade, dass du morgen beschäftigt bist. Ich könnt' glatt noch einmal mit einer Brötchentüte vor deiner Tür stehen und sie anschließend vergessen.
Schlaf gut und träum was Schönes.
Dein
Tommy

Freitag, 11. Januar

von: Pattie
an: Tommy
uff
Hi mein Schatz!
Bin endlich zu Hause und total geschafft von
der Arbeit. Werde mir jetzt ein paar Spaghetti
kochen und beim Essen fernsehen (ganz
schlechte Angewohnheit, ich weiß). Der
Rückweg heute Abend war schauderhaft, Ne-
bel ohne Ende und überfrierende Nässe. Aber
ab jetzt arbeite wieder ganz normal, keine
Überstunden, keine Inventuren sind in Sicht.
Jetzt muss ich unbedingt essen und vielleicht
mache ich mir eine Flasche Barolo auf, ein
Glas kann sicher nicht schaden.
Ich freue mich auf morgen, auch weil ich be-
stimmen kann, wo es hingeht. Sicher werden
wir das Tanzbein schwingen... selber schuld!
Kichert
Pattie

von: Tommy
an: Pattie
re:
Gute Nacht, mein Schatz!
Schön das du gut nach Hause gekommen bist,
habe mir Sorgen gemacht, gerade bei den
Sch...Wetter.

Heute war ich echt zurückhaltend, auch wenn
es schwergefallen ist. Bin dir gar nicht mit
SMS auf die Nerven gefallen. Doch in Gedanken war ich bei dir. Habe vor Augen gehabt,
wie du kleines Energiebündel dich bewegst,
wie du wütend werden kannst und dich wieder
entspannst, wenn alles klappt. Habe deine
Formen beobachtet, denn du hast einfach einen
tollen Körper mit Rundungen, wo sie sein sollten.

Doch eigentlich will ich dir sagen, dass ich
mal wieder nur an dich denke, mit vorstelle,
wie schön es mit dir ist. Ich freue mich wahnsinnig auf unser Wochenende.

Schlaf gut, ich träume von dir.

Dein Tommy

Sonntag, 13. Januar

von: Pattie
an: Tommy
oh je
Hallo mein Schatz!
Ich bin gerade aufgewacht. Nachdem du vorhin weggefahren bist, habe ich den Fernseher eingeschaltet, es lief der „Pferdeflüsterer" und Robert Redford flüsterte mich in den Schlaf. Deine SMS hat mich aufgeweckt.
Jetzt weiß ich endlich, was gegen Schlaflosigkeit hilft: die doppelte Dosis Männlichkeit; Tommy und Redford, wenn er flüstert. Zudem ist die Medizin namens Tommy gut für das Wohlbefinden. Vor den Nebenwirkungen muss ich allerdings warnen. Man wird ganz leicht süchtig davon, aber das macht rein gar nix, denn man fühlt sich gut.
Das war ein wunderschönes Wochenende, nicht wahr, obwohl wir letztendlich nicht ausgegangen sind. Es war viel schöner mit dir zu kuscheln und dich lieb zu haben, dich neben mir zu spüren, eine ganze Nacht lang.
Ich bin so froh, dass wir uns gefunden haben. Das kann nicht von ungefähr gekommen sein. Da hat es jemand da oben gut mit uns gemeint, ausnahmsweise.
Und weil diese Email sowieso durch die Luft flattert, um zu dir zu gelangen, schicke mal ein „Dankeschön" mit ab, an wen auch immer.

Mittwoch, 16. Januar

von: Pattie
an: Tommy
re:
Hallo Du,
komme gerade von der Arbeit und stell dir
bloß vor: meine Damen haben für mich ge-
kocht.
Na ja, genau genommen haben sie mir etwas
übrig gelassen, irgendwas mit Nudeln. Es ist
nicht so genau zu erkennen, was sich alles in
der Soße befindet. So habe ich vorsichtshalber
mal nachgesehen, ob das Hundefutter noch
vollständig vorhanden ist, BEVOR ich angefangen habe zu essen. Es hat total gut ge-
schmeckt, was nicht zu erwarten war. Die Res-
te hat der Dackel mit Genuss gegessen - ob
doch Hundefutter...
...nur ruhig, Patricia, nicht darüber nachdenken!
Jetzt wird es also ernst, morgen geht es los.
Eigentlich habe ich die Türkeireise ja ein bisschen aus Trotz gebucht, aber das ist jetzt egal.
Nun werde ich den Urlaub ohne dich gar nicht
so richtig genießen können. Etwas Grundle-
gendes fehlt (sag mal, passt du wohl in meinen
roten Koffer, der ist sehr geräumig? Ich bezah-
le auch für das Übergewicht des Gepäckes.).
Schön das du mich zum Flughafen bringst, wir
müssen uns doch richtig verabschieden. Ich
tröste mich mit dem Gedanken, dass eine kur-

ze Trennung uns hilft. Vielleicht bekommen wir beide auch den Kopf ein wenig frei, wenn wir uns eine lange Woche nicht sehen. Ich bin ganz benebelt, wenn du dich in meiner Nähe aufhältst. Vielleicht bist du bei meiner Rückkehr schon mit deiner Wohnungssuche weiter gekommen, wer weiß.

Sicherlich liegst du schon im Bett und schnarchst nicht oder nur ein ganz klein wenig und soo niedlich, meine Dampflok. Ich würd' gern zu dir unter die Decke krabbeln und mich ganz fest an dich kuscheln. Ich glaube nach jeder gemeinsam verbrachten Nacht werde ich süchtiger nach dir. Dein Duft ist noch in meinem Bett, ich möchte es am liebsten gar nicht neu beziehen. Du ahnst nicht, wie gerne ich dich rieche, könnte immerzu an dir herumschnüffeln.

Ist das so, weil ich dich ein ganz klein wenig mag?

Ne, eher wohl, weil ich dich liebe!

von: Tommy
an: Pattie
Frage
Hallo meine Rose,
natürlich bringe ich dich zum Flughafen, das ist ja wohl das Mindeste. Da siehst du wohl, du Trotzkopf, was du da wieder angestellt hast. Jetzt werden wir eine Woche aufeinander

verzichten müssen. Das wird echt hart. Ich werde in Zukunft daran arbeiten, dass Derartiges nicht mehr passiert! Denk' an meine dunkle Seite...

Mir ist da ein Gedanke gekommen: Wäre es ein Problem, wenn ich ab und zu bei dir schlafe, während du in der Türkei bist? Ich möchte einfach irgendwie in deiner Nähe sein, wenn ich schon so lange auf dich verzichten muss. Wenn es dir nicht recht ist oder deine Töchter etwas dagegen haben, so ist das überhaupt kein Problem, ehrlich. Vielleicht kann ich deine Ladies mit Pizza bestechen, die ginge dann auf mich und sie müssen nicht kochen!!!

Ist nur so ein Gedanke...

von: Pattie
an: Tommy
re:

Hi Süßer,
habe gerade mit den Mädeln gesprochen und sie finden es in Ordnung, wenn du hier nächtigst. Du scheinst einen Stein bei ihnen im Brett zu haben oder sie wollen sich endlich mal ohne Ende mit Pizza vollstopfen. Allerdings muss ich dich warnen, das könnte teuer werden, denn wir sind ein gastliches Haus. Wie du in der Zwischenzeit ja schon festgestellt hast, wimmelt es in den Mädchenzimmern meist von Teenies, die Musik hören,

sich immerzu umziehen, kichernd die Köpfe zusammenstecken, ernste Probleme wälzen, Schminktipps austauschen, die Welt retten, überlegen wie sie reich, berühmt und sexy werden können.

Es wäre schön, wenn du in meiner Abwesenheit ein wenig um Sitte und Anstand kümmerst. Will heißen: Mädel haben Zutritt, Jungen beförderst du bitte mit ein paar netten Worten vor die Tür.

Fühl dich also wie zu Hause bei mir. Ich finde den Gedanken schön, dass du in meinem Bett schläfst. Ach, Manno, ich bin ja gar nicht dabei, das hatte ich jetzt fast vergessen.

Hab' dich lieb - hab' mich lieb, bitte.

Donnerstag wird nicht geflogen

Beklommen stand ich am Ende der Schlange vor dem Abflugschalter und verfluchte einmal mehr meinen Dickkopf und meine Halsstarrigkeit. Eigentlich hatte ich den Türkeiurlaub nur gebucht, weil ich mich einmal mehr über Tommy geärgert hatte. Er hatte sich über die Weihnachtstage und noch länger nicht blicken lassen und mir zu allem Überfluss mitgeteilt, dass er mit seinen Söhnen in den Skiurlaub fahren wolle. Mich wollte er nicht dabei haben und so hatte ich kurzentschlossen für die fragliche Zeit eine Woche Türkei gebucht. Letztendlich war er gar nicht weggefahren. Auch unser Miteinander hatte sich verändert. Inzwischen vertraute ich ihm ganz und gar, war sicher, dass er mich niemals ausnützen würde.

„Träumst du schon vom Urlaub", flüsterte Tommy mir uns Ohr und legte die Arme um mich. Ich erwiderte die Umarmung. „Ach, am Liebsten würde ich gar nicht wegfliegen, aber nun ist die Reise gebucht und es wäre dumm, sie nicht zu machen."
„Ich werde nicht sagen: das hast du jetzt davon. Genieß die Woche einfach, du hast sie dir verdient. Du hast in der letzten Zeit so viel gearbeitet."
Ich stellte meine Handtasche auf meinen Koffer hinter mich und fiel Tommy um den Hals. „Du bist lieb."

Zu meinem Erstaunen machte sich Tommy abrupt von mir los.

„Deine Handtasche", rief er und spurtete los. Jetzt sah ich, dass ein indisch aussehender Mann mit meiner Handtasche davonrannte. Tommy folgte ihm. Bald waren beide Männer im Menschengewimmel des Flughafens verschwunden. Ich schüttelte fassungslos den Kopf, denn ich hatte meine Tasche doch nur für eine Minute aus den Augen gelassen.

„Bitte lassen sie ihr Gepäck nicht unbeaufsichtigt." Klang es aus einem Lautsprecher.

Nach kurzer Zeit kam Tommy unverrichteter Dinge zurück. Er hatte den Dieb nicht erwischen können. „Was machen wir jetzt?", fragte er einigermaßen ratlos.

Ich zuckte resigniert mit den Schultern. „In der Handtasche war alles: mein Tickt, Geld, die EC Karte, Papiere, mein Handy. Ich kann doch nicht in Urlaub fliegen, wenn ich nicht einmal einen Ausweis habe. Mal abgesehen davon, dass ich das unter diesen Umständen nicht möchte."

„Ich denke wir sollten jetzt erst einmal zur Polizei gehen, mein Schatz. Dann fahren wir zusammen zu dir und ich bleibe heute über Nacht, wenn dir das Recht ist."

Freitag, 18. Januar

von: Tommy
an: Pattie
Ich Blödel...
Oh Patricia,
wenn ich nicht da gewesen wäre, hätte der
Handtaschendieb keine Chance gehabt. Denn
dann hättest du aufgepasst und wärest jetzt
schon in der Türkei. Nun sitzt du in deinen
vier Wänden und ich kann momentan nicht bei
dir sein. Ich habe den Geschäftstermin extra so
gelegt, damit ich abgelenkt bin und nicht immerzu an dich denken muss.
Ich bin so zornig auf mich, weil ich dich am
Flughafen nicht beschützen konnte. Glaub mir,
wenn ich den Typen erwischt hätte, dann wäre
mir alles egal gewesen. Ich bin so sauer, aber
Worte helfen ja jetzt auch nicht weiter.
Deine Töchter, ganz ehrlich, die sind schwer
in Ordnung. Ich find's toll, dass sie dich so
lieb getröstet haben. Die würde ich auch ohne
dich adoptieren, doch du bist das Wichtigste
auf der Welt. Sobald ich es ermöglichen kann,
werden wir zusammen in Urlaub fahren, großes Ehrenwort. Und wenn es drei Tage in einer
Berghütte in Hintertupfingen werden, Hauptsache wir sind zusammen. Anfang März wäre
eine gute Zeit, was meinst du. Kannst du so
lange warten?
Seit ich dich vor einer Ewigkeit so ungeschickt
in deinem Laden besucht habe und noch viel

mehr, nachdem wir auf Fehmarn so schöne Stunden hatten gehören wir zusammen.

Thomas wach auf - spring über deinen Schatten, entscheide dich!

Für Pattie, fürs Leben und für die Liebe.

Das alles bist DU

Tommy

Ich würde mich freuen, wenn du morgen Zeit für mich hättest.

von: Pattie

an: Tommy

du Blödel

Aber Thomas!

Was ist das denn für ein Quatsch. Hast du denn nicht gehört, was der Polizist gestern gesagt hat? Der Dieb hätte meine Tasche sowieso gekriegt, das war ein Profi. Wieso machst du dir solche Vorwürfe? Schließlich war es meine Handtasche und somit auch meine Verantwortung. So etwas passiert ständig. Schatz, du hast mich nicht allein gelassen, ich bin schon ein großes Mädchen, weißt du. Du wirst noch viele Male und vielleicht für immer bei mir schlafen, und wenn du morgen zu mir kommst, so würde ich mich freuen, habe ja jetzt eine Woche richtig Zeit.

;-)

...

Schreibe gleich weiter, Steffi will etwas.

...

Ups, das hat jetzt etwas gedauert, schläfst du schon? Patricia, lass die dummen Fragen! Wenn er schläft, dann antwortet er nicht, wenn er nicht schläft, was wollte ich eigentlich, das muss am Alk liegen...

...

Hey, jetzt ist mir etwas passiert, das Seltenheitswert hat: ich glaube ich bin richtig doll beschwipst. Steffi ist mit einer Flasche Kirschlikör zu mir gekommen, hat mich getröstet. Jetzt nicht mit einer vollen Flasche! Da war eher noch ein Rest drin. Wieso hat das Mädel überhaupt Likör im Kinderzimmer? Ich werde das in den nächsten Tagen herausfinden. Wir werden ein ernstes Wort miteinander sprechen. Dann hatte ich auch noch Rotwein
... und ein Bier...Das Bier aber bloß wegen dir. Du bist schuld, wenn mir morgen nicht gut ist!!!
Deshalb darf jetzt mal was sagen:
Eigentlich hatte ich das Kapitel feste Partnerschaft für mich abgeschlossen. Wollte nicht, dass mir ein Mann wehtut, mich verletzt und habe oft unbedacht herumgespielt, bedenkenlos ein paar Herzen gebrochen.
Tja, dann ist mir einer begegnet, so'n komischer schräger Vogel. Hab' ihn gesehen und gedacht: Boh, ein Wahnsinnstyp und da war ich eigentlich schon verloren. Dann hat der Typ mich echt ungeschickt vom Laden abgeholt - ist voll in die Hose gegangen. UUUnd

dann sind wir ein Wochenende weggefahren, nach Fehmarn. Nene wat habe ich mich da verknallt, wie ne 16-jährige! Und seitdem wird dat immer schlimmer, kann mir keinen Tag ohne ihn mehr vorstellen.

Würd' schon gern mit ihm zusammenziehen, doch er weiß nicht ... will nichts überstürzen ... muss nachdenken. Er will nicht wirklich was ganz, ganz Festes ... und überhaupt müssen wir uns noch besser kennenlernen... und wer weiß, ob wir uns dann wollen... und wenn schon eine Entscheidung dann nicht heute oder morgen, nein, lieber Überüberübermorgen...

Weißt du was, mein halbes Leben habe ich auf einen wie dich gewartet und jetzt hat's mich kalt erwischt, aber ich warte nicht mehr so lange, denn ich weiß genau, was ich will!

Ich habe dir mal von unserer Abmachung erzählt. Jetzt nicht wir, sondern die Mädel und ich: Wir haben uns versprochen, nur unseren absoluten Traummann in unser Leben und die Wohnung zu lassen...

I C H   L I E B E   D I C H

von: Tommy
an: Pattie
Meine blaue Rose ;-)))
du bist so niedlich, wenn du angesäuselt bist.
Wir reden morgen, ja.
ILY

von: Pattie
an: Tommy
TommyliebtPattie, PattieliebtTommy, Tommyistverrücktnachpattie, Pattieistverrücktnachtommy, TommywillPattie, Pattiewill-Tommy!
Hicks, Gutte Nacht, musse gezze zlafn

Samstag, 19. Januar

von: Pattie
an: Tommy
Sorry
Hallo Du, würde es dir etwas ausmachen Aspirin mitzubringen, wenn du gleich vorbeikommst? In meinem Hirn sitzt ein kleiner Mann mit nem Hammer, der baut da was ab... Boh ist mir schlecht...

von: Tommy
an: Pattie
grins
Hallo du kleine Saufziege, das geschieht dir ganz recht! Ich bringe ein Kopfschmerzmittel mit und vielleicht koche ich dir ne Hühnersuppe, ist gut gegen Kater.
Bis gleich

von: Pattie
an: Tommy
re:
BITTE KEINE FESTE NAHRUNG!
Nur Aspirin und Pflege bis einschließlich
Sonntag.

Montag, 21. Januar

von: Tommy
an: Pattie
Oh, welche bitt'rer Schmerz erfüllet meine
Brust
Mann Patricia,
lässt du mich vielleicht zappeln! Jetzt muss ich
mit Kunden zum Essen. Hätte gerne einen
kleinen Kuss von dir bekommen und gele-
sen/gehört, dass du mich magst.
Einsam und allein bin ich; denn ich bin ohne
Nachricht von meinem Schatz! Ich werde mich
dem Trunke ergeben und nicht vor Mittwoch
werde ich mich erheben aus der Asche - denn
du, nur du fehlst mir.
In schmachtender Liebe, auf ewig
Dein
Thomas

von: Pattie
an: Tommy
Oh, welch bitt'rer Schmerz...

...schnüffel... so leb denn wohl, Geliebter.
Auch ich leide Qualen ohne deine Stimme.
Doch die äußeren Umstände erzwangen die
Pein der Trennung. Das neue Hörgerät, auch
Handy genannt, verweigerte mir den Dienst. In
seinem Inneren befand sich eine neue Sim
Karte und dieses Teufelswerk der Technik ließ
sich nicht bändigen.
Ein Beutelschneider entwendete mein altver-
trautes Hörgerät im Hafen für Flugzeuge, wie
du erinnerst!
oller Doofer, wat schreib'ste für'n Quatsch...
Du musst mir demnächst mal helfen das ver-
trackte neue Handy in Betrieb zu setzen, irgendwie bin ich nicht fähig dazu!

von: Tommy
an: Pattie
LATE NIGHT
Hey, Tussy,
bin wieder daheim, leicht bis mittel angesäu-
selt und lechze nach deiner Liebe.
Sch...Handy! Habe mir echte Sorgen gemacht.
Schließlich konzentriert sich mein Leben nur
noch auf dich. Da trägst du schon eine gewal-
tige Verantwortung.
Your belove
Tommy

Dienstag, 22. Januar

von: Tommy
an: Pattie
If you don't know me by now
Hallo Pattie,
nachdem ich auch heute Nachmittag so schön down war (bin selber schuld, habe mich verrückt gemacht, weil du wieder nicht auf meine SMS geantwortet hast), da habe ich sofort die dunkelsten Wolken gesehen.
Du klangst so ungeduldig und genervt. Na ja, da habe ich den Song
        „If you don't know me by now"
gehört und wenn du mal auf den Text achtest, wirst du feststellen, dass er richtig gut zu unserer Situation passt.
Ja, Patricia, wir müssen uns noch besser verstehen und kennenlernen. Verstehen, sich nicht gegenseitig wehzutun, auch wenn das unbeabsichtigt passiert.
Du hattest Recht so sauer zu sein. Es war eine Zumutung von mir, dich mal eben für zwei Stunden zu mir nach Münster bestellen zu wollen. Und selbst kann ich es nicht haben, dass du mir, mehr oder weniger, den Telefonhörer auf die Nase haust. Die ganze Geschichte hätte nicht sein müssen, wenn ich mal meinen Kopf gebraucht hätte. Deshalb entschuldige.
Aber mach mal aus nem Ostwestfalen einen Gentleman, das ist eine Lebensaufgabe.

Darum sag mir immer, wenn dir etwas nicht passt, ich werde versuchen daran zu arbeiten und darüber nachzudenken. Denn wenn man die zweite Chance im Leben bekommen hat, so lässt man sie nicht einfach sausen - dat glaub' mich ma.

Morgen Abend werde ich dich in den Arm nehmen und dir den schönsten, besten Kuss geben, den ich je abgegeben habe.

Denn, mein Schatz, solche Küsse sind nur für dich.

von: Pattie
an: Tommy
Entschuldigung angenommen
Hi du,
komme gerade von der Arbeit und lese diese Mail.

Ich werde dir bestimmt noch ganz viele Szenen machen, total wütend auf dich sein und dich zum Teufel wünschen. Dich anschließend küssen und lieb haben.

Es tut mir schon wieder leid, dass ich so wütend geworden bin. Noch schlimmer ist, dass ich vor lauter Frust einen Teller kaputt gehauen habe. Ist irgendwie so passiert. Mein Temperament geht manchmal einfach mit mir durch, wie du vielleicht schon feststellen konntest. Aber ich werde dich niemals austricksen und herum taktieren, um etwas zu erreichen oder unehrlich sein.

Ich hätte dir natürlich auf deine SMS geantwortet, wenn ich sie bloß hätte lesen können. Das blöde neue Handy geht irgendwie immer noch nicht. Vielleicht kannst du mir morgen dabei helfen es in Betrieb zu nehmen (im eigenen Interesse).

Bitte glaube mir, ich bin bestimmt oft unbeherrscht, dadurch verletzend und ungerecht, doch niemals berechnend. Das ist einfach nicht meine Natur.

So, mein Herz, das nächste Mal müssen wir sofort miteinander reden, du kannst mich doch auch auf dem Diensttelefon erreichen.

Und komm bloß nie wieder auf so komische Gedanken.

Ich liebe dich ganz doll wenn die Sonne scheint, doch auch, wenn es regnet.

Daran wird sich nichts ändern.

Mittwoch, 23. Januar

von: Tommy
an: Pattie
back home
Hi Pattie,
bin gerade zu Hause angekommen. So, jetzt
haue ich mich hin und träume von dir. Schade,
dass ich morgen schon so früh raus muss und
nicht bei dir übernachten kann, wo ich dir
doch den tollsten Kuss der Welt versprochen
habe. Aber das wird nicht mehr lange so sein
und das weißt du.
Schlaf gut, mein Schatz
Dein Tommy

von Pattie
an: Tommy
gute Nacht
schlaf gut, mein Herz. Ich werde etwas lesen,
kann noch nicht schlafen. Ja, es wäre schön
gewesen zusammen einzuschlafen und noch
einmal ja, ich weiß, dass wir zusammengehö-
ren und bald immer zusammen sein werden.
Deine Pattie

Montag, 28.Januar

von: Tommy
an: Pattie
Hi there
Hallo Hexie, bist du online?
Bin zu Hause, koche mir jetzt ne Suppe.
War schön am Wochenende mit dir. So viele
Kleinigkeiten, für die ich fast sterben würde.
Du und ich in der Disco, ganz wenig verkatert
in deinem Bett liegen, ein toller Spaziergang,
vor allem immer wieder du!
Melde mich später noch mal, denn ich muss
dich was fragen.

von: Pattie
an: Tommy
re:
Ja, ich bin online und nochmals ja, es war ein
tolles Wochenende.
Mach dir ganz in Ruhe Suppe warm, noch
kannst du es, du Glücklicher.
Da ist etwas, dass du noch lernen musst: Ich
habe keine Kinder geboren, sondern neun-
köpfige Raupen. Um in diesem Haushalt nicht
zu verhungern, muss man die Nahrung, kaum
dass sie essbar ist, möglichst schnell und in
möglichst großen Mengen zu sich nehmen.

Das hat sogar mein Dackel erkannt. Immer
wenn es klingelt, rennt er zu seinem Futternapf
und frisst ihn komplett leer.
In diesem Fall sind die Damen so gar nicht
ladylike.
Schaue gleich noch mal in das Postfach, Andrea stört, will etwas!
Du willst etwas fragen? Ich bin ganz gespannt!

von: Tommy
an: Pattie
Urlaub
Ich schon wieder,
ich habe mir mal etwas überlegt. Wie hättest
du es gern:
3 Tage München,
3 Tage Schwarzwald
8 Tage Nashville

von: Pattie
an: Tommy
re:
wie jetzt NASHVILLE ???
Ist das dein Ernst??????????

von: Tommy
an   Pattie
;-))
Du hast schon richtig gelesen. Was denkst du,
sollten wir das machen?
Wenn ja, was willst du freiwillig löhnen? 350
Euro?
Flug in die USA 350 Euro
Ansonsten:
Mietwagen: Tommy,
Hotel: Tommy,
alle weiteren Nebenkosten: Tommy.
Zu wissen, dass jemand mitfliegt, der dich
liebt: unbezahlbar.
Kannst mir ja mal antworten, wenn du Zeit
hast.

von: Pattie
an: Tommy
Boh ey
...das wäre ja klasse. Natürlich will ich mit-
fliegen. Schatz, das wäre traumhaft!
Sag mir, wann es losgeht und ich schaue morgen direkt, dass ich Urlaub bekomme. Aber
wegen der Kosten müssen wir uns noch unterhalten!
Ich liebe dich!

Freitag, 1.Februar

von: Tommy
an: Pattie
ungeküsst...
Pattie, mein Schatz,
vielleicht schaust du noch in dein Postfach,
denn ungeküsst sollst du nicht schlafen gehen.
Ich freue mich schon auf den Kinobesuch
morgen, obwohl mich deine Wahl etwas ver-
wundert. „Vanilla Sky", scheint ja eher ein
Thriller zu sein, ich hatte einen Liebesfilm
erwartet. Oder stehst du auf Tom Cruise?

Nashville: Ich habe den Flug heute gebucht.
Wenn es dir recht ist, so werden wir schon
einen Tag früher nach Frankfurt fahren, dort
übernachten und am nächsten Tag geht es los.
Ich würde gern alte Freunde in den USA besuchen, das Pärchen ist sehr nett, du wirst schon
sehen! Freue mich wie Bolle auf unsere gemeinsame Reise, bin total verrückt nach
Nashville und nach dir. Das wird zwar unser
erster gemeinsamer Urlaub, aber bestimmt
nicht der letzte.
So, Schluss jetzt, habe noch ein wenig Schlaf
nachzuholen, bin hundemüde. Werde mich
jetzt in meinen Schlafsack einmummeln und
an dich denken!
Dein Tommy

von: Pattie

an: Tommy

du fehlst

Ach du, ich freue mich so sehr auf die Woche mit dir und auch auf die Staaten.

Weißt du, da erfüllt sich einer meiner Lebensträume und am schönsten ist, dass sich dieser Traum mit dir zusammen erfüllt.

Ich habe dich so verdammt lieb, dass ich heulen könnte vor Glück. Manchmal denke ich, dass auch die Sehnsucht zum Glücklichsein gehört, denn ich weiß ja jetzt, dass uns nichts mehr trennen kann.

So, jetzt schicke ich diese Mail ganz schnell ab, vielleicht liest du sie ja noch.

Deine

Pattie,

glücklich

Wer ist schon Tom Cruise? Dachte das ist ein Film der uns beiden gefällt. Mal sehen.

Montag, 4. Februar

von: Pattie
an: Tommy
lach nisch
Hallo mein Liebster, ich schmeiße den PC
gleich zum Fenster raus!
Irgendwie klappt gar nix, die Maus geht nicht
und Steffi ist nicht in der Lage mal nachzuse-
hen. Sie könnte schon, schmollt aber, weil ich
ihr die Ausgehzeiten nicht verlängere, das Ta-
schengeld auch nicht erhöhe und überhaupt als
Mutter völlig versage. Ich habe ihr vorgeschlagen sich selbst zur Adoption freizugeben
wenn hier alles so schrecklich ist, doch das
scheint sie noch nicht in Erwägung zu ziehen.
So arbeite ich mit der Tastatur und das ist so
mühsam.
Nachdem wir uns am Wochenende ausführlich
über unseren Trip nach Nashville unterhalten
haben, sind mir doch einige Gedanken durch
den Kopf gegangen: Wenn wir zu deinen Bekannten fahren, weiß ich nicht, was sie von
mir denken. Das ich deine kleine Freundin bin,
dein Verhältnis? Sicherlich kennen sie doch
deine NochFrau und machen sich so ihre Gedanken. Klasse, da stehe ich voll drauf! Im
Übrigen ist mein Englisch, mangels Übung,
nicht besonders. Hoffentlich kann ich mich
überhaupt unterhalten. So, genug gegrummelt.
Eigentlich freue ich mich ganz doll, aber ich
bin halt ein wenig unsicher, weißt du und

furchtbar aufgeregt. Die erste gemeinsame Reise, eine ganze Woche für uns. Das habe ich mir so gewünscht, bestimmt ist alles ganz easy und ich mache mir umsonst so viele Gedanken.

Da kommt mein Kind und will endlich mal nach dem Computer gucken! Sollte das ein Friedensangebot sein?

Bis nachher!

von: Tommy
an: Pattie
ach wo
Meine Kleine,
du musst dir wirklich keine Gedanken machen, meine amerikanischen Bekannten sind ganz unkompliziert. Im Übrigen kennen sie meine NochFrau gar nicht. Und eigentlich bist DU ja sowieso meine Frau. Sie werden dich akzeptieren, dich mögen, da bin ich ganz sicher. Wir lassen alles auf uns zukommen, und falls du drüben zu große Bedenken hast, dann sage ich den Besuch einfach ab.

Weißt du, Schatz, so langsam ist mir alles egal. Mit einer geeigneten Wohnung geht es nicht voran. Meine NochFrau geht mir furchtbar auf die Nerven, hat jeden Tag eine andere Trennungsversion in petto. Letztens hat sie allen Ernstes vorgeschlagen, eine Eheberatung zu besuchen. Als ob das noch etwas ändern würde. Die Ehe besteht schon so lange nur noch auf dem Papier. Wenn meine Mutter nicht wäre, wenn ich sie guten Gewissens mit dieser unmöglichen Person allein lassen könnte, so hätte ich an einem der letzten Abende schon mit meinen Koffern vor deiner Tür gestanden, wäre einfach bei dir eingezogen. Und wenn du mir die Tür vor der Nase zuknallen würdest, so machte ich einen Sitzstreik vor dem Haus, bis du Erbarmen mit mir armem Tropf zeigen würdest.

Die Kinder sind auf einem guten Weg, Daniel ist inzwischen mit seiner Freundin zusammengezogen und sein Bruder kommt mit der Situation ganz gut klar.

Doch vielleicht klärt sich ja alles in den nächsten Wochen und dann wundere dich nicht ...

Ich kann's nicht anders ausdrücken. Ich bin so voller Gefühle, ich könnte platzen.

Ich fühle, fühle dich. Ich liebe, liebe dich, werde verrückt (ne, bin ich ja schon), bin verrückt nach dir. Du bist alles, was ich möchte.

von: Pattie
an: Tommy
re:
Ach du,
ich habe dich doch genau so lieb, bin ebenso hilflos und ängstlich. Manchmal denke ich: Was mache ich nur, wenn er mich auf einmal nicht mehr lieb hat? Weißt du denn gar nicht, dass ich im Leben noch nie so gefühlt habe.

145

Diese Mischung aus
Liebhaben
Zärtlichkeit
Sinnlichkeit
Behutsamkeit
Berauschtheit
Verrücktheit
Vertrauen
beschützen wollen
sich aufgehoben fühlen.
Wenn du die Koffer sowieso schon gepackt
hast, dann komm vorbei. Meine Tür ist offen
für dich. Wir wagen es, wagen uns...

von: Tommy
an: Pattie
...hab dich, glaub ich, lieb
Meine Rose,
wir werden eine gemeinsame Zukunft haben,
wir werden zusammen alles schaffen. Ich
möchte mit dir alt werden und glücklich. Es ist
mir ernst, ernst mit dir, ernst mit uns, ernst mit
unserer Beziehung. Ich bin nicht irgendein
Mann. Ne, ne Patricia, ich bin Thomas und
vielleicht hast du schon mitgekriegt: dieser
Typ ist zu blöd und zu gutmütig für diese
Welt. Wie sollte er dir was vormachen. Wie
soll der denn seine Gefühle spielen?
Ich habe dich lieb
Gut' Nacht
Dein Tommy

Freitag, 8. Februar

von: Tommy
an:...Pattie
Jetzt wird's ernst
Hallo meine Patricia,
ich habe es dir angedroht:
Ich denke, dass ich eine geeignete Unterbringung für meine Mutter gefunden habe. Sie ist ganz zufrieden damit, im betreuten Wohnen zu leben, denn sie weiß ja, dass ich/wir uns um sie kümmern werden. Übrigens: Sie mag dich, hat dich gleich nach dem ersten Kennenlernen ins Herz geschlossen.
Jetzt muss ich noch einige Dinge regeln und spätestens, wenn wir aus Nashville wieder zurück sind, bin ich frei, falls du mich dann immer noch haben möchtest?????
Tommy

von: Pattie
an: Tommy
re:

Ja, ich will...

Dienstag, 7. März

von: Tommy
an: Pattie
JA
und nachmals ja, Pattie!
Ich möchte, ich will mit dir zusammenleben.
Ich möchte nach Hause kommen, mich auf
dich freuen, alles mit dir teilen und das so bald
wie möglich.
Ich liebe dich, das ist mir nie so bewusst geworden wie jetzt. Ich verspreche dir: ich werde
dich nie verletzen, dich nie allein lassen, dich
immer respektieren.
Aber ich werde eifersüchtig sein. Es ist schwer
von Zeiten zu hören, die mich eigentlich nichts
angehen, doch ich kann mich nicht dagegen
wehren. Erst wenn mir das nichts mehr ausmachen sollte, weiß ich, dass meine Liebe kleiner
geworden ist. Doch ich wünschte, dass es immer sticht.
Eigentlich habe ich nie geglaubt, dass ich eine
Frau wie dich jemals in den Arm nehmen
kann. Eigentlich bin ich im siebten Himmel,
aber dennoch habe ich Angst. Immer noch
Angst und Zweifel, ob alles gut geht.
Doch, nur wenn wir es wagen, wenn wir uns
ausprobieren werden wir wissen, ob es gut
geht.
Was ich dir auf dem Rückflug von Nashville
gesagt habe, das gilt.

Ich hätte gern ein Kind mit dir gehabt. Ich kann das alles schlecht in Worte fassen, ein Kind wäre die Liebe, die ich der Welt gern gezeigt hätte.
Bis gleich und dann für immer
Dein
Tommy

Hör mal Perle; mach lieber deine Haustür auf, sonst werde ich ein Sit-in veranstalten und mit Koffer, Kisten und Rucksäcken VOR DEINER TÜR wohnen!

Ja, so war das damals.

Tommy ist tatsächlich am selben Tag mit Sack und Pack bei mir eingezogen. Was sollte ich tun, eine Ein-Mann-Demo vor meiner Tür? Was hätten die Nachbarn dazu gesagt???

Das ist inzwischen gute 14 Jahre her; wir kauften Möbel, einen zweiten Dackel, die Herr der Ringe Trilogie als DVD, vier Aquarien, etliche neue Teller, ziemlich viele Autos, mehrere Wohnwagen, eine Menge Bügeleisen, drei verrückte Katze, ein Haus, vier Motorräder und haben versucht, alle unsere Träume zu verwirklichen.

Die Kinder sind inzwischen erwachsen, wir mussten sie nicht aus dem Haus jagen, sie wurden einfach flügge und sind von allein gegangen. Sie haben allesamt eine Familie gegründet und uns bereits zwei Enkel geschenkt.

Unsere verrückte Verliebtheit hat sich in ein vertrautes Miteinander verwandelt. Wir haben uns in der Zwischenzeit geliebt, gefetzt, vertragen und niemals dem Respekt voreinander verloren.

Das Wagnis ist gelungen - wir haben uns gefunden und werden uns nie mehr loslassen.

Songs:

Rupert Holmes
"Escape"
Auskoppelung aus dem Album "Partners in Crime"
Im Dezember 1979 Platz 1 in den US Charts

Eric Clapton
"Wonderful Tonight"
Veröfentlicht 1977
Album "Slowhand"

Phil Collins
Groovy Kind Of Love
1988 als Bestandteil des Soundtracks zum Film "Buster" aufgenommen.
Die Single erreichte in den USA den Platz 1 der Single Charts.

Simply Red
"If You Don't Know Me By Now"
Original von Kenny Gamble and Lion Huff
Für ihre Version wurden Simply Red mit dem Grammy ausgezeichnet. Sie erreichte in den USA den 1. Platz der Charts.

Angie Pfeiffer

Angie Pfeiffer, 1955 in Gelsenkirchen geboren, ist zum zweiten Mal verheiratet und lebt heute mit ihrem Mann im Münsterland.

Sie schreibt Unterhaltungsliteratur in Form von Romanen und Kurzgeschichten für Erwachsene sowie Kinderbücher.

Sie hat bisher 5 Romane, 1 Kinderbuch, 15 eBooks und zahlreiche Kurzgeschichten in Anthologien, Literaturzeitschriften und der Tagespresse veröffentlicht.

Home: angie-pfeiffer.com

Ruhrpottadel

ISBN 978-3-8370-2055-7

Tragisch und komisch, wunderbar und verrückt, so sind sie, die Jollenbecks.
Im Herzen des Kohlenpotts erleben wir ihre Liebes- und Leidensgeschichte.
Karl, Schürzenjäger und Geschäftsmann in permanenten Geldnöten. Ilse, seine Frau, die zwar ständig über Herzprobleme klagt, aber eigentlich kerngesund ist. Opa Adolf, dessen Lebensziel es ist, möglichst immer den gleichen Alkoholpegel zu halten. Dazu die Kinder Peter Elisa, die unter nicht ganz einfachen Umständen aufwachsen.

www.Ruhrpottadel.de

Ruhrpottliebe

ISBN 978-3-8391-2885-5

Eigentlich wartet Elisa auf die ganz große Liebe, doch auf der Hochzeit ihrer besten Freundin läuft ihr der Ex wieder über den Weg. Alfred 'Freddy' Gimpel ist alles andere als ein Traumprinz, das hat Elisa schon vor einiger Zeit festgestellt. Trotzdem heiraten die beiden, doch was Elisa dann mit Freddys merkwürdiger Familie erlebt, spottet jeder Beschreibung und versetzt selbst die hart gesottenen Jollenbecks in Erstaunen.

Gelsenkirchen in den 70ern.Der zweite Teil der Ruhrpottsaga erzählt von Leben und Lieben zwischen Emscher und Rhein-Herne-Kanal.

Ruhrpottherzen

ISBN:9783735786494

Im dritten Teil der Ruhrpottsaga geht es turbulent zu. Elisa größter Wunsch erfüllt sich, sie bekommt das erste Kind. Sehr zu Alfreds Leidwesen. Nicht genug damit, verführt ihn Elisa, um ein zweites Kind zu bekommen.

Doch gerade dieser Sohn, Matts, bringt seinen Vater regelmäßig auf die Palme. Alfred kann sich häufig nicht beherrschen und schlägt das Kind. Als die Situation eskaliert, stellt Elisa Alfred ein Ultimatum.

Auch die Nachbarin Karin ist in ihrer Ehe nicht glücklich. Sie wirft ihren Mann kurzerhand hinaus. Bald lernt sie den Friedhofsgärtner Uwe kennen, doch der hat mehr Interesse an ihrer jüngsten Tochter, als an ihr.

Der dritte Teil der Ruhrpottsaga ist ein Roman über

Macker und Tussis, Döppken und Blagen,

Hallas und Halligalli, Fissematenten, Sperenzkes,

und ein ganz schönes Schlamassel.

Ruhrpottabschied

ISBN: 9783738641295

Sieben Jahre sind seit der Scheidung von Alfred und Elisa vergangen und sie denkt immer öfter daran wie es wäre sich neu zu verlieben. Als sie ihrer besten Freundin Annerose von ihren Sehnsüchten erzählt, winkt diese ab. Anne steckt mitten in einer Beziehung, in der es gewaltig kriselt. Schließlich überredet Elisa die Freundin, mit ihr zusammen eine virtuelle Kontaktanzeige aufzugeben Auch Lara, Elisas Ex-Schwägerin, ist in ihrer Ehe nicht glücklich. Doch im Gegensatz zu den Freundinnen sucht sie einen Mann zum Fremdgehen und meldet sich in einem Forum an, das diskrete Seitensprünge verspricht. Alle diese Aktivitäten können nur zu Verwicklungen und komischen Situationen führen.

Ruhrpottabschied ist der vierte und letzte Teil der Ruhrpottsaga, in dem Angie Pfeiffer mit Herz und Humor schildert, was frau erleben kann, wenn sie sich auf die Männersuche per Internet begibt.